La Récompense de Rhodes

Héros à louer, tome 4

Dale Mayer

La Récompense de Rhodes, Héros à louer, tome 4
Beverly Dale Mayer
Valley Publishing Ltd.

Copyright © 2017

Traduit de l'anglais par Sarah Laurent et Valentin Translation

Il s'agit d'une œuvre de fiction. Les noms, les personnages, les lieux, les marques, les médias et les incidents mentionnés sont le produit de l'imagination de l'auteur ou utilisés de manière fictive. Toute ressemblance avec des événements, des lieux ou des personnes, existant ou ayant existé, est entièrement fortuite.

ISBN-13 : 978-1-773369-53-2
Format Print

Résumé

Découvrez *La Récompense de Rhodes*, le quatrième tome de la série *Héros à louer* que les fans attendaient avec impatience. Dale Mayer, auteure de best-sellers au classement de USA Today, vous propose de retrouver les hommes inoubliables de la série *Légion d'honneur* dans une nouvelle collection de romances pleines d'action, de suspense et de rebondissements.

Même lorsque le mal se cache dans l'ombre, les secondes chances sont possibles…

Il y a des années, Rhodes a connu Sienna comme une jeune fille maladroite, un peu gauche, avec des cheveux couleur carotte, sans la moindre grâce. Malgré sa maladresse, elle avait déjà quelque chose de spécial. Maintenant, elle a grandi, et Rhodes n'arrive plus à l'ignorer. Un simple coup d'œil lui fait penser à bien plus qu'au bon vieux temps. Mais aussi douce et adorable qu'elle soit, Sienna a été qualifiée à juste titre d'aimant à problèmes, même dans un complexe militaire sécurisé qui devrait être un havre de paix ultime.

Sienna avait un coup de cœur monstrueux pour Rhodes quand elle était enfant et qu'il était le meilleur ami de son frère. Aujourd'hui, c'est un adulte, beau et plus sexy que ce que ses fantasmes les plus fous auraient pu imaginer. Nouvellement embauchée par la société de Levi, Legendary Security, elle ne veut pas compromettre son poste en passant son temps à rêver de Rhodes, si proche d'elle et pourtant si lointain.

Lorsqu'on lui demande de participer à une mission, elle accepte avec empressement, espérant marquer des points auprès de son employeur… sauf qu'elle déclenche par inadvertance une série d'événements désastreux que personne – même ceux qui connaissent la maladresse de Sienna comme Rhodes – n'aurait été capable de prévoir.

Inscrivez-vous ici pour être informés de toutes les nouveautés de Dale !

https://geni.us/DaleNews

Chapitre 1

UN TRAVAIL MERDIQUE. Un voyage merdique. Une affaire merdique.

Mais il était chez lui. Dieu merci.

Fatigué et hagard, Rhodes Gorman franchit la porte d'entrée et se dirigea directement vers sa suite au deuxième étage. Il ouvrit la porte de sa chambre, déposa ses bagages et s'effondra sur son lit. Il ne prit pas la peine de se déshabiller, et l'idée d'une douche représentait bien plus que ce qu'il pouvait supporter en ce moment. Il ferma les yeux pour laisser le monde l'emporter.

Toutefois, au lieu de cela, son esprit se remplit des scènes et de la douleur des derniers jours. Harrison et lui étaient partis à l'étranger, à la recherche d'une personne détenant des informations. Ils étaient maintenant tous les deux rentrés, mais le travail n'avait pas été facile, et le trajet de retour avait été brutal. Mais ils avaient réussi, et tout ce dont il avait besoin maintenant, c'était d'une chance de dormir.

Même avec sa porte fermée, il arrivait encore à entendre d'autres personnes dans la maison principale, dont les voix filtraient dans sa tête. Un homme. Une femme. Ice était la seule représentante de la gent féminine du groupe, mais cela changea rapidement. Dans son état de fatigue, Rhodes ne parvenait pas à comprendre ou à identifier qui était cette autre femme. Jusqu'à ce qu'elle parle de nouveau. Sienna.

Elle était donc toujours là. C'était une bonne chose. Cela lui éviterait d'avoir à la ramener encore une fois. Ils avaient une affaire à régler, qu'elle le sache ou non.

— Pourquoi rester ici ? demanda le type.

Qui était-ce ? se demanda Rhodes.

— Parce que c'est différent. Je me sens en sécurité ici, dit Sienna. J'aime les gens.

Sa voix avait changé, elle s'était adoucie.

— J'aime le travail.

— En sécurité ?

Oui, ce mot attira aussi l'attention de Rhodes. Mais le changement de ton au mot « gens » était tout à fait différent.

— Oui, même si le complexe a été attaqué deux fois, admit-elle. Tout le monde s'en est si bien sorti. C'était presque mécanique.

— C'est parce que c'était le cas, renchérit l'homme.

Qui que soit ce gars, il avait de l'influence sur Sienna, et, d'après la façon dont elle lui parlait, elle le connaissait manifestement bien. Il y avait du respect et de la familiarité dans son timbre… et de l'amour. Rhodes fronça les sourcils. Qui était ce mec ? La jalousie s'insinua.

— Jarrod, tu ne peux pas diriger ma vie.

Les yeux de Rhodes s'ouvrirent. Jarrod ? Jarrod Bentley, son camarade dans la marine, était là ? Il était parti pour deux missions différentes de quatre semaines à l'étranger. Il avait prévu de venir ici à chaque fois qu'il retournerait aux États-Unis. La première fois, il avait demandé à Sienna de l'accompagner. Mais il n'était pas complètement informé. Rhodes avait entendu dire qu'elle était en train de régler les derniers détails pour venir s'installer ici. Pour de bon. Il comprit que Jarrod était rentré pendant son absence. Il se redressa lentement, la tête penchée pour mieux entendre la conversation dans le couloir.

Il avait rencontré Sienna des années auparavant, lorsque Jarrod et lui étaient frères SEAL. Mais il ne l'avait pas reconnue lorsqu'elle était venue pour la première fois au complexe. Peut-être parce qu'à l'époque, c'était une adolescente au visage boutonneux qui ne savait pas quoi faire de ses deux bras osseux. Pas la beauté frappante qui était entrée dans la maison avec Ice ce jour-là. Même si elle avait déclaré qu'elle était la sœur de Jarrod, il n'avait pas fait le rapprochement. Ce n'était que quelques heures plus tard qu'il avait vu l'adolescente de jadis à l'intérieur de la belle femme.

Et puis, il ne savait pas comment évoquer leur précédente rencontre. Il ne l'avait jamais oubliée. D'ailleurs, Jarrod l'avait mis en garde à l'époque, sentant déjà l'intérêt de Rhodes… mais qui aurait deviné qu'elle se révélerait d'une telle beauté ?

Entre les deux attaques sur le complexe, l'opération en Afghanistan consistant à sauver Lissa, puis une série de missions afin de couvrir Merk qui protégeait sa belle, Rhodes n'avait pas chômé.

Avec Sienna dans les parages, il savait désormais qu'il ne fermerait plus l'œil. Sans compter qu'il ne voulait pas manquer son vieil ami, Jarrod. Rhodes se leva et se déshabilla avant d'entrer dans la douche.

L'eau chaude le ragaillardit, et lorsqu'il eut terminé, il s'habilla en vitesse.

Il n'y avait plus personne dans le couloir lorsqu'il sortit. Dans la cuisine, il s'arrêta pour voir Alfred, qui lui servit une tasse de café.

— Je ne savais pas si tu préférais prendre une douche et manger un peu, ou dormir.

— J'ai essayé, mais ça n'a pas très bien marché, plaisanta-t-il. Je me suis dit qu'un café et un petit repas feraient l'affaire.

Il jeta un coup d'œil autour de lui.

— C'est la voix de Jarrod que j'ai entendue ?

Alfred acquiesça.

— Oui, il est ici. Il est revenu pour prendre des nouvelles de sa sœur.

— Rhodes ? fit alors une voix d'homme derrière lui.

Rhodes se retourna, et sans surprise, il découvrit Jarrod. Ce grand rouquin était encore une nouvelle recrue lorsque Rhodes avait intégré l'unité des SEAL de Levi. Aussitôt, Jarrod et Rhodes étaient devenus de grands amis. Il reposa sa tasse pour saluer son ami de longue date.

— C'est quoi, cette histoire ? Je m'en vais et je reviens pour découvrir que tu essaies de prendre ma place.

— Pas exactement, répondit Jarrod en souriant. Mais Levi m'a bien fait comprendre qu'il y avait une place ici, si jamais j'en avais besoin.

— Ça, ce serait formidable.

En dévisageant son ami, Rhodes se rendit compte que Jarrod n'était pas encore prêt pour ce changement.

— La vie de SEAL, c'est ce qu'il y a de mieux, mais parfois… enfin, rares sont ceux qui passent le cap des dix ans.

— Je comprends, fit Jarrod. C'est toujours dans un coin de ma tête, mais pas encore.

— Qui sait ? Peut-être que Levi ouvrira un deuxième complexe sur la côte ouest. On est souvent dans le coin, et on pourrait presque se permettre d'y rester à plein temps.

Jarrod haussa les sourcils.

— Vous avez tant de boulot que ça ?

Rhodes hocha la tête.

— Je rentre juste d'une mission à l'étranger. Une fois

que je me serai reposé et que j'aurai refait le plein d'énergie, je demanderai à Levi de m'envoyer ailleurs.

— Qui l'aurait cru ? fit Jarrod.

— Le monde va mal en ce moment, se contenta de répondre Rhodes.

— En quoi consiste ton boulot exactement ? Je n'aime pas du tout me résumer au simple rôle de garde du corps.

— C'est en partie des missions de sécurité à l'étranger, et puis il y a tout ce qui est privé, pour l'élite. D'anciens princes. Des milliardaires. Des géants de la tech. On fait pas mal de boulot de ce genre.

— Des trucs militaires ? s'enquit Jarrod.

— Rien dont on ait parlé publiquement.

Rhodes étudia son ami.

— Disons simplement que nous n'avons pas perdu tout lien.

Il comprit que ces paroles étaient bien choisies, car le visage de Jarrod s'éclaira. Il était militaire depuis toujours, et il était très difficile de s'éloigner de ce mode de vie. Quand on est fier de défendre son pays, tout le reste pâlit en comparaison. Mais si Jarrod avait conscience qu'il pourrait faire la même chose que ce qu'il faisait déjà, il y avait une chance qu'il les rejoigne.

Rhodes désigna la longue table devant lui et reprit :

— Prends un café avec moi et raconte-moi ce qui se passe avec ta sœur. Comment s'est-elle retrouvée ici ?

Jarrod secoua la tête.

— Je ne le sais toujours pas, même après ma première visite ici. Je pensais qu'elle était saine et sauve à la maison. L'instant d'après, Levi m'envoie un texto pour m'annoncer que Ice l'a amenée dans l'enceinte.

— C'est ce que n'importe lequel d'entre nous aurait fait,

renchérit Rhodes à voix basse. Nous l'avons peut-être aidée au début, mais elle est restée parce qu'elle est bonne dans son domaine. Ice et Levi ne permettraient rien de moins. Et Alfred, je suis sûr qu'il l'a mise à rude épreuve, en la testant d'une manière inédite pour elle.

Jarrod sourit.

— Oui, elle ne comprend pas tout ça.

— Si elle peut faire ce qu'elle fait et supporter de vivre ici avec nous, alors elle est exceptionnelle.

— Si c'est le cas, je ne l'ai pas constaté en grandissant, déclara Jarrod en s'esclaffant. Non, ce n'est pas tout à fait vrai. Elle était tellement différente. Nous la traitions comme une poupée de porcelaine parce que nous ignorions comment agir autrement avec la seule sœur de quatre frères. Nous avions peur qu'elle se brise.

Rhodes afficha un sourire.

— Je ne pense pas que ce traitement fonctionnera ici. Elle n'apprécierait pas.

— Non, je n'apprécierais pas, confirma Sienna dans l'embrasure de la porte, d'un ton exaspéré et un peu trop fort.

Elle s'assit sur le banc à côté de son frère, en le heurtant littéralement et en le sommant de se pousser.

Jarrod poussa un cri de rire et adressa un signe de tête à Rhodes.

— Nous pourrions vouloir la traiter comme une poupée de porcelaine, mais elle ne nous en laisserait pas le loisir.

Rhodes les étudia et vit la même proximité qu'il avait remarquée longtemps auparavant.

— Je t'ai rencontrée il y a longtemps, tu sais ?

Elle lui jeta un regard fermé et hocha la tête.

— Je m'en souviens.

— Je ne me le rappelais pas au début, dit Rhodes en guise d'aveu. D'ailleurs, tu as beaucoup changé. Tu étais une adolescente dégingandée, avec des taches de rousseur et des cheveux roux qui partaient dans tous les sens.

Jarrod ricana.

— Elle l'est toujours.

Mais il passa un bras autour de son épaule et la serra contre lui.

— Maintenant, si elle arrêtait d'être aussi indépendante et nous prévenait quand elle a des ennuis, nous serions tous heureux.

— Tu es toujours si occupé, déclara-t-elle doucement. En plus, ce n'était pas quelque chose que je n'étais pas capable de gérer.

Jarrod se tourna vers elle et, d'une voix beaucoup plus dure, relata :

— Ice t'a trouvée à la station-service avec un sac à dos, assise sous un arbre, perdue. Tu n'avais nulle part où aller. Tu n'avais plus d'argent et tu n'avais plus de voiture. Comment est-ce que tu as géré le problème ? La moindre des choses aurait été d'appeler. Nous aurions été ravis de t'aider.

Elle regarda fixement la table et ne répondit pas.

Rhodes comprenait. L'indépendance était un combat difficile.

Quand la vie vous assommait, vous ne vouliez pas que quelqu'un le sache.

— Au moins, c'est Ice qui a trouvé Sienna, tempéra Rhodes calmement. Nous ne sommes pas des meurtriers à la hache. Une fois qu'elle est arrivée ici, nous avons été très contents de l'inviter à rester.

D'autres pensées se bousculèrent dans sa tête, mais en rajouter, c'était prendre le risque de l'énerver. Elle lui lança un regard reconnaissant, et il réalisa qu'il avait dit ce qu'il fallait. Une bonne chose. Il jeta un coup d'œil à Jarrod et reçut un signe de tête d'approbation de sa part. Rhodes soupira. Cette histoire de famille était difficile. Il était fils unique, et ses parents avaient pris leur retraite à Tucson, en Arizona, où ils aimaient prendre un brunch le matin au bord de la piscine avec les autres retraités qui vivaient dans le complexe, puis jouer au Scrabble et à d'autres jeux de société le soir. Ils étaient heureux, et lui aussi. Il avait été un enfant très tardif pour eux, et ils approuvaient tous deux sa décision de s'engager dans l'armée. Il ne les voyait pas beaucoup, mais leur téléphonait souvent.

— En outre, Sienna a pris en charge le travail de bureau. Et si tu essayais de nous l'enlever, Stone pourrait avoir quelque chose à dire.

— Stone ? réagit Jarrod en fronçant les sourcils.

— Oui, les tâches administratives étaient sa punition lorsqu'il en faisait trop alors qu'il était en convalescence. Nous construisons toujours de nouveaux prototypes pour sa jambe, mais d'une manière ou d'une autre, il arrivait toujours à abîmer son moignon. Et cela signifiait du travail de bureau – en grande quantité.

Jarrod laissa échapper un rire subtil.

— J'oublie toujours qu'il lui manque une jambe. Il s'est si bien adapté, déclara-t-il, admiratif.

— L'adaptation a été difficile, tempéra Rhodes à voix basse. Il n'a jamais laissé personne le savoir, mais ça n'a pas été facile pour lui.

Jarrod acquiesça.

— J'imagine.

Il étudia le visage de Rhodes.

— Et tu vas bien ? J'ai entendu dire que toute l'unité

avait explosé. Mais quand je me suis rendu compte que vous étiez tous ambulatoires et que vous aviez créé cette compagnie ensemble, j'ai pensé que ça devait aller.

Rhodes confirma :

— Je vais bien maintenant. Merk et moi avons été blessés, mais pas aussi gravement que les deux autres. Pour nous, c'étaient quelques os cassés. Nous avons eu des béquilles pendant un moment, beaucoup de dommages aux tissus mous, des bleus sur le foie, des choses comme ça.

— C'est horrible, lâcha Sienna.

Rhodes perçut le regard compatissant de Sienna. Il se détourna rapidement. La sympathie était la dernière chose qu'il souhaitait. Même si son regard ne cessait de s'égarer vers elle, il méritait une récompense spéciale pour avoir gardé ses mains pour lui. Parce que, bon sang, elle était sexy.

Il déglutit et pivota quand Alfred entra au bon moment, portant une assiette de rôti de bœuf, de sauce et de légumes qu'il déposa devant Rhodes.

— Alfred, ça a l'air délicieux, déclara-t-il avec soulagement. Je n'avais pas réalisé à quel point j'avais faim jusqu'à maintenant.

— Ce ne sont que des restes. Ils ont tout mangé hier soir.

— Waouh, ils m'en ont vraiment laissé ?

Mais il était déjà occupé avec son couteau et sa fourchette à couper la viande tendre et humide. Il prit la première bouchée et ferma les yeux en mâchant.

— Oh, mon Dieu, c'est si bon !

Jarrod dit d'une voix envieuse :

— Vous avez de la chance d'avoir Alfred.

Il se tourna vers sa sœur et la railla :

— C'est donc la vraie raison pour laquelle tu veux rester

ici.

Sienna rit.

— Alfred est un ange. S'il avait trente ans de moins, j'envisagerais moi-même de lui courir après.

Rhodes sourit.

— Tu crois qu'on n'y a pas pensé ? Je ne suis pas de ce bord, mais je pourrais l'envisager pour un homme qui cuisine comme ça… Hmm.

IL Y AVAIT quelque chose de sacrément attirant chez un homme qui appréciait sa nourriture. Mais il ne mangeait pas, il savourait chaque bouchée. Rhodes était venu chez elle quelques fois avec Jarrod à l'époque. Une fois, quand Sienna vivait avec son frère, Rhodes avait passé cinq jours chez eux. Elle n'avait pas quitté des yeux ce grand dur à cuire. Et pourtant, il ne l'avait jamais effrayée.

En réalité, plus il restait, plus elle le suivait pour être en sa présence. Il respirait la confiance et le pouvoir. À l'époque, elle se sentait laide et maladroite. Pour ne rien arranger, elle était fascinée par lui, mais n'avait pas su comment s'y prendre. Aujourd'hui, bien sûr, elle comprenait beaucoup mieux.

Ils étaient tous deux adultes, libres de toute relation, et vivaient au même endroit.

Elle ne put s'empêcher d'y réfléchir. Elle laissa de nouveau tomber son regard sur la table et joua avec la tasse de café qui se trouvait devant elle. Il était étrange de constater qu'après toutes ces années, l'attirance était encore plus forte. Elle n'osait pas en parler à Jarrod, car il se battrait bec et ongles pour l'éloigner de Rhodes si c'était pour cela qu'elle restait.

Et Rhodes n'était qu'une petite partie de l'histoire, bien qu'il ait joué un rôle important. En aucun cas il ne chercherait à la retrouver si elle partait. Mais tant qu'elle était ici, elle était en mesure de voir s'il y avait quelque chose dans cette attirance ou non. Elle avait besoin de temps pour permettre à Rhodes de dépasser ce code d'honneur qui disait que les petites sœurs des amis étaient hors limites. Et Rhodes était le genre de gars qui considérait son bon comportement comme faisant partie de son système d'honneur. Contrairement à beaucoup d'hommes qui la considéraient comme une proie, Rhodes la voyait comme intouchable, quelqu'un à protéger pendant que son frère n'était pas là.

Un petit sourire se dessina au coin de sa bouche. Ou peut-être que ce ne serait pas un problème… s'il trouvait quelque chose qu'il voulait assez fort.

— Tu vas bien, Sienna ?

Elle s'arrêta et se tourna vers Jarrod.

— Désolée, je me suis perdue dans mes pensées pendant un moment.

Elle fixa directement son frère dans les yeux, sachant parfaitement que si elle ne réussissait pas ce test, sa vie pourrait devenir très difficile.

Il chercha son regard pendant un long moment, puis, comme s'il était satisfait, il pivota de nouveau vers Rhodes.

— Alors, parle-moi de vos opérations de l'année dernière.

Sienna s'assit tranquillement et écouta les deux hommes discuter des événements qu'ils avaient vécus au cours des douze derniers mois. Elle souhaitait en apprendre le plus possible, mais en même temps, elle avait du travail. Sienna se leva, tapa sur l'épaule de son frère et lui annonça :

— Je ne sais pas quand tu pars, mais je dois retourner au

bureau.

Il lui tendit la main et lui répondit :

— Je pars demain matin.

Elle se pencha, l'embrassa sur la joue et le serra rapidement dans ses bras. Elle s'éloigna et lança :

— Je vais vous laisser bavarder, les gars.

Elle sourit à Alfred en remplissant sa tasse de café, puis se dirigea vers le bureau.

Elle ne comprenait toujours pas tout ce qui se passait chez Legendary Security, mais c'était un bon début. Ses premiers jours ici avaient été difficiles, mais cela lui avait donné un aperçu intéressant. Au début, elle s'était sentie déstabilisée, se demandant dans quoi elle s'était embarquée et avec qui, mais elle avait rapidement réalisé à quel point ils s'occupaient bien d'elle, mais aussi de l'ensemble de l'entreprise.

Et à quel point ils étaient tous semblables à ses frères.

Il y avait une certaine liberté à être ici. D'une manière étrange, elle n'avait pas été libre depuis longtemps. Elle avait également rencontré une âme sœur, Katina, l'associée de Merk, qui était elle aussi comptable. Elle n'était pas programmeuse comme Sienna, mais Katina comprenait le monde de la finance. Et elle avait elle-même connu l'enfer.

Dans le cas de Sienna, ce n'était pas son boulot qui l'avait tuée, mais les gens qui l'entouraient. Elle avait travaillé pour un entrepreneur indépendant chargé d'enquêter sur une série d'irrégularités bancaires au sein de la programmation, des pirates informatiques volant dans le système. Une mission très détaillée. Et une carrière dans un secteur particulier.

Elle avait trouvé ce qu'elle pensait être une preuve et l'avait remise, mais elle ne s'était pas rendu compte que son amant faisait partie de la même organisation criminelle. Lorsque les choses avaient explosé et que la poussière était retombée, elle avait été accusée de toutes sortes de choses, comme d'avoir couché avec l'ennemi. Elle avait tout perdu, y compris sa réputation.

Elle s'était retirée et avait pris un nouveau départ.

Aujourd'hui, personne ne savait qui elle était, ce qu'elle avait fait et où elle était allée. Elle en avait parlé à Jarrod, mais en dehors du fait qu'il s'agissait d'une mauvaise affaire, il n'y avait pas de retour en arrière possible.

En réalité, par rapport à ce que Lissa et Katina avaient vécu, l'existence de Sienna était fade et ennuyeuse. Bien sûr, elle avait perdu son travail, avait été trahie par son amant, et elle était presque sûre que son patron avait été impliqué dans toute l'affaire, mais tout cela était bien peu de choses en comparaison avec leurs vies.

De retour au bureau, elle s'installa, sortit son téléphone portable et regarda l'heure. Elle s'étonna qu'il soit déjà si tard. Elle s'attela à la tâche et commença la comptabilité.

Au regard de ce qu'elle faisait auparavant, c'était incroyablement simple. Toutefois, l'absence d'esprit qui s'en dégageait était aussi une joie. Elle n'avait pas besoin d'étudier des lignes de code interminables ou de s'inquiéter et de se tracasser pour des schémas qu'elle voyait, mais qu'elle ne comprenait pas encore. Elle était heureuse de ne pas avoir à creuser et à suivre des pistes et des énigmes pour trouver les informations qu'il lui fallait. Il n'y avait pas de subterfuge ici, et c'était déjà un soulagement. Lorsque son téléphone sonna une heure plus tard, elle ne tergiversa pas. Elle décrocha et répondit :

— Allô ?

— Sienna ?

— Oui, qui est à l'appareil ?

— Bullard.

Elle se rassit en souriant.

— Hé, Bullard ! Normalement, tu ne m'appelles pas directement.

— Non. Mais cette fois, j'ai une question à te poser.

— Qu'est-ce qu'il y a ?

Elle jeta son stylo et s'adossa à sa chaise. Elle aimait bien Bullard, d'après le peu qu'elle avait vu de lui. Il avait l'intention de revenir bientôt. Elle s'en réjouissait.

— Tu avais l'habitude de diagnostiquer les systèmes financiers (logiciels bancaires, écarts comptables), n'est-ce pas ?

Sa voix s'adoucit.

— Je me souviens que Levi m'a parlé de quelque chose comme ça.

Elle fronça les sourcils.

— J'avais l'habitude de faire quelque chose comme ça, confirma-t-elle. Mais c'est du passé.

— Pourquoi ?

— Ça n'a pas très bien marché, déclara-t-elle d'un ton sec. Parfois, il vaut mieux garder son nez propre que de creuser pour trouver de la terre.

Il éclata de rire.

— C'est tout à fait vrai. Mais le métier que nous exerçons ne nous permet pas de garder le nez très propre. Si je t'envoyais des dossiers, serais-tu capable de me dire d'où ils viennent ?

— Pas nécessairement, tempéra-t-elle en fronçant les sourcils. Quel type de dossiers ? Et quel est le rapport avec mes compétences ?

— C'est un peu confus. Un ami, copropriétaire d'une banque africaine au Ghana, a découvert des anomalies dans sa comptabilité. Il suspecte quelqu'un, mais le fils de cet employé travaille avec eux depuis environ un an également, et les deux membres de la famille, qui constituent leur service informatique, effectuent toutes les mises à jour et les ajustements du logiciel bancaire. Il est donc réticent à l'idée de leur demander d'examiner le problème, au cas où ils seraient impliqués. Il nous a envoyé l'accès au *back-end* et plusieurs feuilles trouvées dans le bureau du vieil homme. Seulement, mon informaticien n'est pas accessible, et nous n'arrivons pas à tirer quoi que ce soit de tout cela.

Malgré elle, elle fut intriguée. Impulsivement, elle lâcha :

— Envoie-les-moi par courrier électronique, mais cela ne signifie pas que je serai en mesure d'aider.

— C'est fait, annonça-t-il d'un air triomphant.

Elle fronça les sourcils en réalisant que le courriel était dans sa boîte de réception tandis qu'elle l'observait fixement.

— C'est quelque chose dont Levi est au courant ?

— Il m'a donné un coup de main sur cette affaire.

Elle acquiesça.

— Dans ce cas, je vais regarder.

— Peux-tu t'en occuper pendant que je suis en ligne ? demanda-t-il avec espoir.

Elle double-cliqua sur le message et ouvrit la pièce jointe. Les lignes de code apparurent instantanément. Elle se pencha pour les étudier.

— Est-ce que c'est possible de connaître le contexte ? le questionna-t-elle en riant. Je ne peux pas faire grand-chose avec si peu.

— Argent, drogues et/ou armes, dit-il succinctement. Nous pensons que l'argent est détourné d'une banque en Afrique, puis transféré sur un compte américain, où il est utilisé pour le trafic de drogue et l'achat d'armes. La piste mène à Dallas.

— Oh !

Elle grimaça.

Elle étudia les chiffres en parcourant rapidement les colonnes, tandis que son esprit les interprétait rapidement.

— D'accord, ces données proviennent de l'arrière-plan d'un programme bancaire. Ce sont des transactions, mais il y a très peu d'informations.

Le silence se fit d'abord.

— Waouh ! C'était rapide.

— Rapide, mais inutile, tempéra-t-elle joyeusement. Il faut plus de données que ça, beaucoup plus.

— As-tu regardé la deuxième pièce jointe ?

Elle l'ouvrit rapidement et fit défiler l'écran pour voir un PDF de feuilles de calcul susceptibles de provenir d'un livre de comptes. Ce qu'il lui avait envoyé n'était qu'une goutte d'eau dans un lac de connaissances manquantes. Elle prit quelques minutes pour assimiler l'information, puis déclara :

— J'ai besoin de bien plus, de préférence le programme lui-même.

Elle reporta son attention sur le code.

— OK, je vois.

En effet, sur la dernière page, elle trouva l'une des banques identifiées, un petit établissement régional du Ghana. Elle continua à parcourir cette ligne de code.

— C'est un vieux code COBOL. Avec de nombreuses mises à jour…

Sa voix s'éteignit alors qu'elle étudiait les lignes de code suivantes.

— Intéressant. C'est un système assez ancien. J'en ai vu beaucoup de semblables, mais je grimace à chaque fois.

— Waouh, encore une fois si rapide ! Pas étonnant que

Levi t'ait engagée.

— Non, il ne sait pas vraiment que je suis capable d'effectuer ce genre de boulot.

Elle rit.

— Mes compétences ne sont pas très prisées dans le monde des sociétés de sécurité privées.

— Tu serais surprise. Mais en ce qui concerne l'entreprise de Levi, il est plus intéressé par la sûreté au niveau humain. La mienne, en revanche, se préoccupe davantage de la sécurité des logiciels. Donc un programmeur qui arrive à déterminer quel code a été piraté et comment, cela a beaucoup de valeur.

Elle secoua la tête, même s'il ne pouvait pas le voir.

— Nan, je suis sûre que tes gars auraient réussi également. Mais peut-être en vingt minutes et pas en dix.

Bullard s'esclaffa.

— Nous l'avons examiné pendant des heures et nous n'avons rien compris. Si tu trouves autre chose, rappelle-moi.

— Les bribes ne suffisent pas si tu veux que je voie exactement ce que le développeur a fait, précisa-t-elle. Il me faut un accès complet.

— Je ne suis pas certain que ce soit possible. Mon gars m'a envoyé plusieurs vidéos de codes. Je peux te les transférer. Ce que nous cherchons vraiment, c'est un lien avec les feuilles de calcul et leur signification.

Il lui dit rapidement au revoir et raccrocha.

Elle étudia les feuilles à l'écran, mais avait vraiment besoin d'une copie papier, donc elle cliqua sur l'icône dédiée et les imprima. Elle souhaitait analyser le code, mais elle devait d'abord terminer son propre boulot.

Elle se remit à son travail habituel. Elle avait des tonnes de transactions comptables à saisir, puis des documents à classer. Lorsqu'elle eut terminé, elle eut l'impression d'avoir accompli quelque chose.

Levi entra dans la pièce alors qu'elle rangeait des dossiers. Elle lui jeta un coup d'œil et lui indiqua :

— Bullard m'a appelée et m'a demandé de regarder des extraits de code qu'il avait pour un système bancaire.

— Bien. Je lui avais dit que tu pourrais l'aider.

— Je viens d'imprimer les feuilles.

Elle les montra du doigt sur la table d'appoint.

— Mais je n'en ai pas besoin.

Il les observa.

— Il me les a envoyées aussi.

Elle finit de débarrasser son bureau et déclara :

— Je m'octroie une journée plus courte parce que Jarrod est là.

Levi lui adressa un signe de la main.

— Je me fiche de savoir si ta journée est courte. Quand le travail est fait, il est fait.

Elle rit.

— Dans ce métier, le boulot n'est jamais terminé. Il y a toujours quelque chose à effectuer le lendemain.

Elle raconta rapidement à Levi ce qu'elle avait expliqué à Bullard. Elle aima la façon dont ses sourcils se levèrent et comment il étudia les pages, comme s'il voyait ce qu'elle avait dit. Pour cela, il aurait dû connaître la programmation. Mais qui connaissait vraiment l'étendue de ses compétences. Il était capable de comprendre une douzaine de langages, même des langages informatiques.

— Joli.

Le courriel de Bullard arriva juste à ce moment-là, avec d'autres pièces jointes. Elle ouvrit rapidement la première et cliqua sur la vidéo. Au lieu de cela, le code s'afficha en continu sur son écran. Son regard dansa sur des lettres et des chiffres qui lui étaient très familiers. Elle ouvrit les deux autres pièces jointes, toutes deux plus courtes.

— Intéressant, déclara Levi en étudiant les écrans derrière elle. Le code te dit-il quelque chose ?

— Peut-être, acquiesça-t-elle, très concentrée, tandis que les trois vidéos tournaient en même temps.

Elle s'assit et se pinça les lèvres. Elle pouvait voir les transactions qui passaient par le code et les comptes, mais pour l'instant, cela ne signifiait rien pour elle. Du moins, pas encore.

— Nous allons être en retard pour le dîner d'Alfred si nous ne partons pas.

Elle saisit les feuilles et les empila sur son bureau. Voilà qui allait prendre beaucoup plus de temps. Tandis que les restes du code chuchotaient encore à l'arrière de son cerveau, elle se dirigea vers l'embrasure de la porte.

— J'arrive.

Ensemble, ils descendirent les escaliers.

— Tu n'es pas dérangée par la visite de Jarrod ? l'interrogea Levi. Avec les deux attaques sur le complexe, il est naturel pour nous tous d'appeler la famille quand quelqu'un pourrait être en difficulté.

Elle lui jeta un regard fermé.

— Pourtant, les deux fois, personne n'a pensé à me le demander avant.

Il sourit.

— C'est ça la famille. Il faut souvent que quelqu'un d'autre nous fasse remarquer comment nous aurions dû agir en premier lieu.

Elle roula des yeux, pénétra dans la salle à manger et s'assit à la table. Jarrod entra avec quelques autres hommes et prit place à côté d'elle. Aussitôt, la pièce se remplit d'une conversation endiablée. Une fois qu'Alfred eut apporté les plateaux de nourriture, celle-ci se ralentit. Elle aperçut Rhodes qui contemplait le rôti de porc qui venait vers lui, et sourit. Il avait clairement l'intention de tout manger.

Elle lança un coup d'œil dans la pièce, incapable de retenir son sourire. Quelle chance d'avoir atterri ici. Elle aurait pu se retrouver dans bien d'autres endroits. Mais Ice avait été une aubaine. Sienna se concentra sur la table et se servit un peu de nourriture – puis se figea. Elle leva lentement la tête pour regarder la fenêtre de l'autre côté. Il y avait quelque chose à propos d'une de ces lignes de code… et maintenant elle comprenait.

L'esprit en ébullition, elle réalisa quelque chose d'autre. Elle avait vu des entrées similaires dans l'un des cas classiques qu'on lui avait enseignés des années auparavant. Elle sortit son téléphone et appuya rapidement sur la touche de recomposition du numéro de Bullard.

— C'est Sienna. Le programme convertit les devises et les arrondit. Je n'en serai pas sûre tant que je n'aurai pas accès à l'ensemble du système, mais je dirais que les différences fractionnaires ont été transférées sur un troisième compte. Les fractions d'un centime s'additionnent très vite et sont presque impossibles à retracer de cette manière.

La pièce entière se figea ; peut-être qu'elle n'aurait pas dû passer l'appel dans la salle à manger. Elle releva le regard et aperçut Rhodes. Il fronça les sourcils.

Mais Levi se pencha de l'autre côté de la table et demanda d'une voix dure :

— Sienna, tu es sûre ?

Lentement, elle hocha la tête, tandis qu'elle entendit l'exclamation de Bullard à l'autre bout du fil. Elle répondit :

— J'en suis aussi sûre que possible sans avoir accès au programme. Mais seul un développeur le pourrait. Le code est robuste, mais obsolète. Un programmeur aurait besoin de connaître COBOL et les langages plus modernes. Il a été fortement amélioré et patché, mais il est toujours basé sur ce système.

— Pourquoi cela ? la questionna Rhodes.

— Parce qu'il est trop coûteux pour la plupart des institutions de changer le système d'origine, et, comme il est robuste, c'est un excellent point de départ. Ensuite, comme toute vieille infrastructure, elle a besoin d'être mise à jour, déboguée et testée en permanence. Une myriade de produits tiers prennent en charge ces questions, mais là encore, il vous faut un bon développeur qui comprenne COBOL en premier lieu. Ou plusieurs, en fonction de la taille de la banque, du travail effectué à l'origine et de la maintenance.

Elle jeta un coup d'œil autour de la table.

— Il y a de fortes chances que la personne qui effectue les ajustements de leur côté soit âgée et cherche un moyen de prendre sa retraite. Et il est probable qu'elle fasse cela depuis longtemps… Elle ne gagne pas grand-chose avec le système au départ, mais au fil du temps…

— Oh, très bien ! déclara Bullard. Je vais prendre contact avec la banque et te rappeler.

— Attends, s'écria-t-elle. Je n'ai pas encore regardé les feuilles de calcul. Je ne comprends pas le lien avec le code.

— Peut-être qu'il n'y en a pas, mais nous l'espérons, dit-il avant de s'esclaffer. Après cela, j'attends beaucoup de toi.

Et tout aussi rapidement, il disparut.

Elle gémit.

— Génial.

Mais elle n'obtint aucune aide des autres. Ils étaient trop occupés à lui sourire.

Chapitre 2

AU LIEU DE profiter d'un dîner paisible la veille au soir, l'endroit fut envahi de questions et d'appels téléphoniques. Elle n'avait pas l'intention de créer une telle agitation, mais lorsqu'elle avait relié les séquences dans sa tête, elle s'était rendu compte qu'elle était en mesure de les voir d'une manière complètement différente. Et apparemment, cela faisait la différence. Il lui restait à étudier les feuilles de calcul…

Le groupe discuta longuement du sujet, et Sienna leur rappela qu'elle pouvait toujours se tromper.

— Mais tu pourrais aussi avoir tout à fait raison, répliqua Jarrod, l'air impressionné. J'ignorais que c'était le genre de travail que tu effectuais.

— J'en faisais de toutes sortes, répondit-elle avec un sourire. C'était amusant jusqu'à ce que ça m'explose à la figure.

— Il est temps de me dire exactement ce qui n'a pas marché, lui intima Jarrod d'une voix dure.

— C'est fini, éluda-t-elle en haussant les épaules. Quelle différence cela fait-il ?

Katina lui attrapa la main depuis l'autre côté de la table.

— Je suis passée par là, et ça craint. Mais ce serait beaucoup mieux si ces types savaient exactement ce qui t'est arrivé dans le passé.

Sienna fronça les sourcils.

— C'est tellement… embarrassant.

La dernière chose qu'elle voulait, c'était laver son linge sale devant quelqu'un d'autre.

— Allez.

Son frère avait toujours été comme ça. Il était du genre à aboyer des ordres et à s'attendre à ce qu'elle les suive. Elle lui lança un regard noir. Mais son expression ne se détendit jamais. Elle leva les mains et dit :

— Très bien, je participais à une enquête criminelle sur une branche de la mafia. On a du mal à croire qu'ils existent, mais c'est le cas.

Katina sursauta d'horreur.

— Bref, alors que je voulais prouver grâce aux transactions bancaires qu'ils étaient impliqués dans le blanchiment d'argent, je n'ai pas réalisé qui et ce qu'ils recherchaient jusqu'à ce que je trouve tous les renseignements. Et mon petit ami de l'époque appartenait à la famille de la mafia.

Elle grimaça.

— Tout est parti en vrille. Mes supérieurs ont prétendu que je couchais avec l'ennemi, que mes informations étaient entachées, et l'affaire a été abandonnée. J'ai perdu mon travail et ma réputation.

Elle jeta un regard sombre à tout le monde.

— Assez embarrassant ?

Jarrod lui tendit la main et l'attira dans ses bras pour la serrer contre lui.

— Tu ignorais qui il était. C'est un poids lourd que tu avais sur les épaules.

Quand il la relâcha, elle dit :

— Tout le monde aime avoir un bouc émissaire. C'était moi. Ce qui est stupide, c'est que je suis presque sûre que mon patron faisait partie de la même famille. Je pense qu'on m'a attribué ce boulot spécifiquement parce que j'étais dans une position qui compromettrait l'affaire.

Elle serra ses deux mains et les brandit de nouveau pour les détendre.

— Mais cela vous pousse vraiment à réévaluer en qui vous pouvez avoir confiance dans ce monde.

— Et il n'y a pas une seule personne à cette table qui n'ait pas déjà eu à reconsidérer cette même question, renchérit Jarrod à voix basse.

— Nous avons tous été trahis par quelqu'un en qui nous croyions, confirma Rhodes. Peut-être avons-nous été stupides de faire confiance au départ. Pour certains d'entre nous, la trahison a été plus grave que pour d'autres.

Il secoua la tête.

— C'est une leçon difficile à apprendre, mais il vaut mieux être au courant.

— Es-tu allée à la police pour signaler ce qu'ils t'ont fait ? demanda Katina à Sienna.

— La police était déjà sur mon dos à ce moment-là. J'ai de la chance de ne pas avoir été inculpée, relata-t-elle à voix basse. C'est seulement parce que j'ai fourni le plus de preuves possible que j'ai réussi à m'en sortir. Pour l'instant, tout le monde s'en est tiré, parce que ce que j'ai trouvé était soi-disant entaché.

Elle leva le regard et ajouta :

— C'était très humiliant à l'époque. Je me suis sentie tellement stupide. J'ignorais totalement que mon petit ami était impliqué.

Katina lui tapota la main.

— C'est du passé. Il est temps d'aller de l'avant et de l'oublier.

Elle esquissa un sourire de travers.

— Les gars seront là pour t'y aider.

Elle joignit son bras à celui de Merk.

— Merk m'a aidée à me sortir du pétrin.

— Personne ne peut m'aider à sortir du mien, dit Sienna. C'est du passé. L'après-coup a été assez rude, et les conséquences ont été terribles. J'aurais continué à tomber, mais Ice m'a trouvée, et je lui en suis très reconnaissante. Je n'ai rien pu tenter pour réparer cela, alors je suis allée de l'avant. Nous sommes tous arrivés à des carrefours dans nos existences où ce que nous faisions avant n'est plus ce que nous faisons aujourd'hui.

Elle haussa les épaules.

— Honnêtement, je souhaite profiter de ma nouvelle vie.

Levi passa un bras autour de l'épaule d'Ice, et la serra contre lui.

Sienna était capable de comprendre pourquoi Ice était heureuse. Même si elle espérait la même chose, elle n'était pas du tout certaine que cela se produirait.

Levi demanda brusquement :

— Tu aimes ce genre de travail ?

— Oui, répondit-elle. C'était amusant de suivre les pistes. Parfois, c'était aussi frustrant parce que ça s'arrêtait, et je n'avais nulle part où aller. Je devais attendre que quelque chose d'autre se produise. Mais souvent, j'étais en mesure de continuer à suivre la piste et d'en découvrir davantage.

— Je dois admettre que j'aurais aimé aller plus loin dans ce domaine moi-même, déclara Katina. Le peu que j'ai fait était intéressant, mais aussi inquiétant.

— Si c'était dirigé contre vous, ça l'était certainement. Mais je m'attaquais à des criminels, du moins c'est ce que je croyais, précisa Sienna en secouant la tête. Honnêtement, je ne suis pas sûre de savoir qui je poursuivais, désormais. Parce que si mon patron était impliqué… qui sait.

Elle se tourna pour regarder Levi et se rendit compte qu'il l'étudiait pensivement.

— À quoi penses-tu ?

— Parfois, on nous demande d'enquêter sur ce genre de choses, indiqua-t-il. Je n'avais personne à missionner pour des affaires impliquant ce niveau de programmation jusqu'à présent. Les pistes financières que nous avons examinées conduisaient à des comptes offshore. Certains d'entre eux peuvent prendre beaucoup de temps. Je me demande si c'est quelque chose dont tu veux t'éloigner complètement ou que tu aimerais approfondir.

Elle hésita un instant.

— Je ne suis pas sûre que ce soit dans mes cordes. Je me suis spécialisée dans les programmes bancaires. Il faudrait que je m'assure que c'est tout à fait légal avant de m'y aventurer de nouveau. Je m'en suis tirée à bon compte. Je ne suis pas certaine que la justice me laisserait partir aussi facilement une deuxième fois.

— Et pourtant, tu as aidé Bullard, intervint Ice.

Les lèvres de Sienna se tordirent.

— Oui, il m'a prise dans un moment de faiblesse. Il est très persuasif.

Ice éclata de rire.

— Oh, il l'est en effet ! Il a aussi une plus grande variété de missions et serait plus exposé à des cas comme celui-ci.

— Je serais d'accord tant que ce n'est pas un truc qui me vaudrait des ennuis, dit-elle finalement. Cette partie n'était pas amusante.

— Je comprends très bien, acquiesça Katina en riant.

— Comme toi, je n'ai pas envie de me retrouver dans

quelque chose de dangereux. J'ai déjà été kidnappée, et quelqu'un a essayé de me tuer à cause du bordel dans lequel j'ai été impliquée.

Le regard de Sienna s'écarquilla.

— Oh, ma situation n'était pas aussi grave ! Je ne peux pas imaginer ce que tu as vécu.

— Eh bien, ajouta Merk. Tu n'as peut-être pas su à quel point c'était grave parce que c'est toi qui avais été désignée pour faire les frais de la situation. Katina voulait que ce soit les autres.

L'explication de Merk poussa tout le monde à rire.

— J'aurais aimé y songer, mais je n'ai même pas vu le danger se rapprocher de moi, déclara Sienna. Je ne pense pas comme ça. J'imaginais que j'étais quelqu'un de joyeux et d'intuitif. Seulement, je ne connaissais pas vraiment le genre de personnes avec lesquelles je travaillais. Je n'avais jamais été confrontée à de tels individus auparavant.

— Combien de temps as-tu été avec ton petit ami avant que tout ne s'écroule ? demanda Katina.

Sienna serra sa tasse de café.

— Honnêtement, pas longtemps. Je vois maintenant qu'il m'a piégée, qu'il m'a ciblée. Il avait probablement effectué des recherches sur moi avant, donc il savait ce que j'aimais, quels boutons pousser. C'était une histoire d'amour assez rapide. Environ trois mois, peut-être quatre.

Rhodes acquiesça.

— Cela semble être le bon laps de temps. Une escroque-rie de cette ampleur nécessiterait au moins trois mois pour être mise en place. Manifestement, ils en avaient suffisam-ment déployé pour que tu en fasses les frais.

— De toute façon, ça n'a pas d'importance, éluda-t-elle. Ma réputation est en lambeaux, et je ne travaillerai certainement plus dans ce domaine.

— À moins que tu n'aies envie d'effectuer ce genre de missions pour moi, suggéra Levi. Je sais déjà comment l'histoire s'est déroulée et je comprends.

Et elle ne doutait pas qu'il était sincère.

— Pourquoi ne pas en rester là ? Si tu reçois quelque chose sur ton bureau susceptible de concerner ce genre d'affaires, je pourrai regarder.

Mais elle ne s'attendait pas vraiment à ce que cela débouche sur quoi que ce soit.

Jusqu'au lendemain matin, lorsque Bullard l'appela de nouveau.

— J'ai un autre bout de code à te montrer.

Elle s'adossa à sa chaise et se frotta la tempe.

— En as-tu discuté avec Levi ?

Il rit.

— Bien sûr que oui. Levi et moi enquêtons ensemble sur cette affaire.

Sa voix avait vraiment quelque chose de magnétique. Mais elle était immunisée contre les beaux parleurs.

— D'accord, envoie-moi ça.

Elle raccrocha et retourna aux comptes qu'elle était en train d'établir pour l'entreprise. Levi avait effectué un bon travail, mais quelques ajustements permettraient d'améliorer encore les choses. Elle était occupée à remplir les formulaires lorsqu'une alerte courriel retentit. Elle vérifia et vit que Bullard lui avait adressé quatre autres vidéos. Il voulait vraiment des réponses.

Elle les téléchargea et les afficha sur le double moniteur. Elle divisa les écrans de manière que les quatre vidéos soient lues en même temps. Tous les codes étaient semblables à ceux qu'elle avait étudiés la veille. Elle les visionna de nouveau, mais à première vue, ils ne semblaient pas signifier grand-chose. Le même programme, mais avec des mises à jour plus récentes. Elle examina le flux pendant près d'une demi-heure.

Levi entra.

— Ce sont les fichiers de Bullard ?

Sans lever la tête, elle répondit :

— Oui.

— D'accord. Et si Katina nous aidait ? Elle a une mémoire photographique. C'est l'une des raisons pour lesquelles elle a contribué à mettre la société pour laquelle elle travaillait derrière les barreaux. Lorsqu'elle avait accès à des informations, elle les mémorisait.

Sienna leva les yeux vers lui, surprise.

— Tu sais, cela pourrait être très utile.

Elle montra la quatrième vidéo et dit :

— C'est différent.

Il se plaça derrière elle.

— Différent comment ?

— Les autres sont toutes très similaires aux premières qu'il m'a montrées. Ce code se réplique, donc tout ce qu'il fait, il le fait deux fois. Comme une image miroir.

Elle réduisit les autres vidéos et ouvrit la quatrième en taille réelle.

— Ce n'est pas actif. C'est comme une copie.

— Pourquoi ?

Elle secoua la tête.

— Je l'ignore, à moins qu'ils ne procèdent à des changements, mais qu'ils veuillent garder un master. Ils semblent travailler sur le code, mais je ne suis pas en mesure de voir l'étendue de la manipulation.

Il tapota d'un doigt sur la colonne la plus éloignée et

déclara :

— Bien. Bullard peut retourner à la banque et leur dire cela.

— Cool.

Elle sourit.

— Si c'est tout, alors…

— Es-tu capable de déterminer qui est derrière cela ?

— Peut-être. Mais pas d'ici. Et le Ghana a ses propres spécialistes. N'a-t-il pas précisé qu'il y avait un lien avec Dallas ?

Il s'éloigna du bureau et déclara :

— Il semblerait. Ils attendent les résultats de l'enquête sur la banque.

Elle acquiesça, mais son regard resta fixé sur les écrans. Elle entendit Levi partir aussi discrètement qu'il était apparu. Elle fit apparaître rapidement plusieurs des programmes qu'elle utilisait auparavant pour fouiller dans les bases de données. Elle avait entrevu des comptes. Serait-il utile de savoir quelles étaient les transactions ? Elle y avait déjà passé beaucoup de temps. Très vite, elle choisit l'une des banques suisses. Bien sûr, cela rendait la tâche encore plus complexe, car il était beaucoup plus difficile d'obtenir des informations auprès de ces organismes.

Elle continua à creuser et découvrit que plusieurs transactions passaient par la France et d'autres par Hong Kong. Elle se concentra sur ces dernières. Bien sûr, beaucoup de comptes offshore transitaient par l'Asie.

RHODES ET MERK levèrent les yeux lorsque Levi pénétra dans la cuisine.

— Qu'est-ce qu'il y a ?

— Bullard a envoyé à Sienna plusieurs vidéos retraçant le code d'une autre banque. Elle pense que celui-ci a été trafiqué.

— C'est l'affaire de Bullard ou la nôtre ? le questionna Rhodes.

— Les deux. Il y a un lien avec Dallas.

— Waouh, un travail partagé ! C'est une première.

— C'est vrai, mais c'est bénéfique pour tout le monde. Bullard a beaucoup de boulot là-bas, et nous en avons beaucoup ici, mais il est évident que si nous pouvons mettre nos ressources en commun pour certaines tâches, c'est important. Il demande également comment fonctionnent les nouveaux systèmes de sécurité qu'il a installés. Quelqu'un a-t-il des critiques ou des questions à ce sujet ?

Rhodes regarda Merk secouer la tête.

— C'est bon pour le moment, dit-il. Jusqu'à ce qu'il soit mis à l'épreuve, nous ne sommes pas en mesure de déterminer comment le système complet fonctionne.

Levi s'assit à la table et déclara :

— Logan et Flynn vont travailler sur la côte ouest. Nous avons quelques personnes spéciales à escorter jusqu'au Texas ; avec un peu de chance, nous serons rentrés plus vite que prévu.

Rhodes acquiesça.

— Je peux aider à quelque chose ?

Levi jeta un coup d'œil sur eux deux.

— Vous vous ennuyez ?

Merk acquiesça.

Rhodes ne s'ennuyait pas tant que cela, mais il voulait trouver un moyen de sortir de la maison pendant que Sienna était là. Depuis le départ de Jarrod, Rhodes se voyait dans le rôle du frère. Et ce n'était pas la relation qu'il souhaitait. Une pause serait la bienvenue.

— Bullard a localisé cinq adresses, annonça Levi. Une au Nouveau-Mexique, quatre au Texas, la plus éloignée étant à Dallas.

— Des adresses concernant quoi ? demanda Rhodes.

— Concernant l'affaire de fraude bancaire sur laquelle Sienna se penche en ce moment, précisa Levi. Plusieurs adresses au Texas étaient notées sur une feuille trouvée sur le bureau d'un employé de banque. Vérifiez chacune d'entre elles très attentivement. Approchez-vous avec prudence, mais nous devons déterminer s'il s'agit d'une planque, d'un repaire de terroristes ou d'une simple propriété.

— Quel genre d'affaire Bullard a-t-il en tête exactement ? le questionna Merk.

Levi leva les yeux et répondit :

— Trafic d'armes et blanchiment d'argent. De plus, il semblerait qu'un salarié de la banque ait volé un peu d'argent. Du moins si Sienna a raison. Qui sait ce qu'il y a d'autre.

Le visage de Rhodes se figea.

— Sienna ne devrait pas travailler sur quoi que ce soit en lien avec ça.

Puis il s'arrêta. Au bureau, le boulot était bien moins dangereux que sur le terrain. Elle serait en sécurité ici. Il se leva.

— Je suis partant.

Merk dit :

— Moi aussi.

— On roule ou on vole ? demanda Rhodes à Levi.

— On roule.

Levi se mit debout et sortit de la cuisine.

— Soyez prêts à prendre la route dans une heure.

Merk et Rhodes se regardèrent et sourirent.

— Je suppose qu'il connaissait déjà nos réponses, pouffa Merk.

— C'est certainement mieux que d'assurer la sécurité, rétorqua Rhodes, sincèrement. Il a reçu beaucoup de demandes de la part d'artistes de la côte ouest.

— Bon sang, j'en ai assez de ça. Il doit embaucher des gars uniquement pour le baby-sitting si c'est son activité désormais. C'est probablement très lucratif et ça permettrait à la société d'avoir de l'argent pendant que nous effectuons les autres missions.

Merk frappa ses articulations contre la table de la cuisine et déclara :

— On se retrouve ici dans quarante-cinq minutes.

Rhodes se dirigea vers sa suite, heureux de repartir. Il s'inquiéterait pour Sienna s'il restait ici. Pour lui, faire ses valises ne prenait que cinq minutes. Il avait passé trop d'années à être prêt à s'en aller au pied levé pour pouvoir vivre autrement. Il fut de retour en trente minutes, entra dans la cuisine et remarqua qu'Alfred avait déjà à moitié rempli un panier de pique-nique.

— Alfred, tu es une bénédiction.

— Oui, ne l'oublie pas.

Ce dernier ajouta rapidement des biscuits faits maison et du pain aux bananes dans des récipients en plastique transparent, puis il ajouta plusieurs grands thermos.

— Je pense que vous ne resterez pas plus de deux nuits, et vous vous arrêterez dans des hôtels de toute façon, donc ceci devrait vous suffire pour la majeure partie du voyage.

Rhodes le prit, attrapa son propre sac et se dirigea vers le pick-up. Vu la distance à parcourir, il se disait que le plus petit des véhicules serait moins gourmand en essence.

Merk avait déjà eu la même idée et faisait chauffer le moteur. Il adressa un signe de tête à Rhodes.

— Mets tes sacs à l'arrière. Ice nous apporte la paperasse, puis nous partons.

Rhodes chargea le panier dans le petit compartiment de rangement arrière de la cabine supplémentaire et jeta son propre sac à l'arrière de la couchette. C'était une belle journée ensoleillée. Il n'y avait aucune raison de ne pas transporter les bagages à l'extérieur. Quelques minutes plus tard, ils étaient sur la route. Il vérifia le GPS.

— Il semble que nous soyons à trois heures de la première adresse.

— As-tu entendu des chuchotements sur ce qu'il pourrait y avoir là-bas ? le questionna Merk.

Rhodes sortit son téléphone portable et tapa l'adresse. Il vérifia également les notes que Levi avait envoyées. Chaque endroit était enregistré à un nom différent. Mais après vérification, chacun d'entre eux était sous l'égide d'une seule et même société.

APRÈS S'ÊTRE ENGAGÉS dans la rue de la première maison, ils passèrent lentement devant cette dernière. Il s'agissait d'un grand pavillon en brique à deux étages, délabrée, comparable au reste de la rue. Rien d'anormal ni d'étrange. Un véhicule abandonné était garé dans l'allée. Une autre allée se trouvait à l'arrière.

Rhodes s'y dirigea et stationna juste derrière la bâtisse. Merk et Rhodes sortirent et parcoururent le chemin avec soin. Merk prit plusieurs photos de la zone et de cette partie de la maison.

Alors qu'il prenait la deuxième photo, Rhodes remarqua

un rideau qui s'écartait puis retombait rapidement.

— Il y a quelqu'un dans la deuxième pièce du haut, dit-il à Merk.

Ce dernier acquiesça.

— Je vais passer devant et voir si notre présence a poussé quelqu'un vers la sortie.

Rhodes acquiesça et se dirigea dans la direction opposée, vers le pavillon voisin. De son point de vue, la demeure à l'aspect délabré semblait vide. Il sauta rapidement la clôture et courut jusqu'à l'arrière pour pouvoir observer la maison depuis la sécurité relative de celle-ci. Mais comme rien ne semblait déplacé ou inhabituel, il continua jusqu'à l'avant.

Il prit plusieurs photos de ce point de vue. Il n'y avait pas de fenêtre de ce côté. Il se faufila rapidement à travers la haie et s'approcha pour jeter un coup d'œil sur la façade. Au moment où il aperçut la voiture dans l'allée, le moteur se mit en marche, et le véhicule recula immédiatement jusqu'à la rue avant de s'éloigner de Rhodes.

Il repéra Merk au bout de l'allée. Lorsque la voiture passa, ce dernier se retourna et s'empressa de la photographier. Avec un peu de chance, il avait obtenu la plaque d'immatriculation. Ils auraient dû le faire la première fois qu'ils étaient passés. Il avait pris des photos, mais n'avait pas songé à la plaque. Il rangea son appareil dans son étui pour le moment et le porta en bandoulière sur sa poitrine.

Rhodes se faufila dans la maison et se dirigea vers la porte de derrière. Il frappa, mais il n'y eut pas de réponse. Il poussa la porte et cria :

— Bonjour, il y a quelqu'un ?

Encore une fois, pas de réponse. Il avait pourtant vu quelqu'un à l'étage. Était-ce la personne qui était partie ? Quelques minutes plus tard, Merk le rejoignit sur le pas de la porte.

— Une raison d'aller vérifier à l'intérieur ?

Les deux hommes se regardèrent. Ils n'avaient pas le droit d'entrer. Mais la situation semblait plus que suspecte. Décidant de tenter leur chance, ils entrèrent, armes à la main. Le rez-de-chaussée semblait totalement inhabité. Il n'y avait aucun meuble dans le salon, à l'exception d'une chaise et d'un pouf à côté de la cheminée. Les placards de la cuisine et le réfrigérateur étaient vides. De toute évidence, personne ne vivait ici.

Merk et Rhodes montèrent à l'étage et trouvèrent une chambre avec un lit simple, les deux autres étant vides. La salle de bain de l'entrée l'était également. Dans celle attenante, il y avait une brosse à dents et du dentifrice, mais c'était tout. Les lavabos étaient secs, tout comme la baignoire, qui semblait ne pas avoir été utilisée depuis longtemps.

Ils n'avaient aucune idée de qui était la personne qui était là plus tôt, mais comme elle n'avait pas traîné, ils n'avaient pas beaucoup de réponses. Ils descendirent les escaliers en courant légèrement et s'arrêtèrent devant la porte du garage. Au compte de trois, ils l'ouvrirent et pénétrèrent à l'intérieur. Ils ne trouvèrent pas d'armes à feu ou autres.

Mais il y avait des explosifs – de la dynamite.

— Merde !

Merk téléphona rapidement à Levi pendant que Rhodes sortait son appareil photo de son étui. Le temps de tout répertorier, ils étaient ici depuis bien trop longtemps.

Levi appellerait la police et leur ferait savoir ce qu'il y avait dans le garage.

FORTS DE CE succès, ils montèrent dans leur pick-up et se dirigèrent vers la deuxième maison. Cette fois-ci, ils furent plus prudents et s'approchèrent rapidement pour prendre des photos de l'ensemble de la demeure, y compris des véhicules à proximité, même s'ils semblaient hors d'état de fonctionner. Aucun n'avait été trouvé sous l'abri pour voiture ou dans le garage attenant. Ils entrèrent une nouvelle fois par l'arrière-cour et passèrent le pavillon au peigne fin. Ils ne trouvèrent rien. De retour dans le pick-up, Rhodes contacta Levi.

— Levi, la deuxième maison est complètement vide, aucun signe de quelqu'un ou de quoi que ce soit. Personne n'a vécu ici depuis un moment.

— C'est bon à savoir. Dirigez-vous vers la troisième adresse. Vous avancez à grands pas. Voyez si vous pouvez terminer la prochaine avant la tombée de la nuit.

LORSQU'ILS ATTEIGNIRENT LA troisième maison, l'obscurité s'était installée. C'était à la fois une bonne et une mauvaise chose. Ils avaient besoin de lumière pour fouiller l'endroit, et, s'il n'y en avait pas, il serait évident que quelqu'un aurait allumé. Cette bâtisse à deux étages était entourée d'arbres sur un grand terrain. Elle était située sur une petite colline et semblait avoir un rez-de-chaussée de type « rez de jardin ». Il y avait des voisins tout autour, mais comme il s'agissait d'une zone très boisée, personne n'était vraiment en mesure de voir qui ou quoi que ce soit.

Merk et Rhodes se garèrent sur l'accotement ombragé de la route, plus loin, et revinrent à pied. Aucun véhicule n'était garé dans la longue allée. Personne ne répondit non plus à leur coup de poing à la porte. Le garage n'étant pas fermé à clé, ils se glissèrent à l'intérieur et découvrirent une vieille voiture.

En fronçant les sourcils – parce que cela ressemblait plus à une antiquité en panne qu'au véhicule de quelqu'un –, ils sortirent par la porte latérale et passèrent par l'arrière. Avec le soleil couchant, ils allaient bientôt manquer de lumière naturelle et ne verraient rien à l'intérieur. S'ils pouvaient entrer et s'éclipser maintenant, ils arriveraient à regarder autour d'eux sans avoir à allumer. Alors qu'ils s'approchaient de l'arrière, ils entendirent un bruit de porte. Ils s'immobilisèrent. Après s'être jeté un coup d'œil, ils se glissèrent prudemment sur le côté de la maison et attendirent. Un homme seul s'avança sous le porche et alluma une cigarette.

Rhodes l'étudia. Il était vêtu de noir et portait des bottes de combat. D'après son crâne rasé et ses tatouages, il pourrait être un ex-militaire ou un suprématiste blanc. Rhodes écarta la piste militaire, car le type n'était pas rasé et avait l'air plus dépenaillé et violent que ce à quoi il se serait attendu.

Lorsque l'homme eut fini sa cigarette, il lança le mégot sur la terrasse en bois et rentra.

Un autre point contre lui. Les cigarettes allumées et le bois ne faisaient pas bon ménage, et il n'avait pas écrasé le mégot. Il n'avait pas non plus séparé le filtre de l'extrémité. C'était négligé. Il laissait de l'ADN à la police.

Merk fit un signe depuis l'autre côté du bâtiment. Rhodes patienta en regardant Merk se faufiler jusqu'à la terrasse, passer sur le côté et attraper quelque chose, puis disparaître en revenant sur ses pas.

Rhodes évalua rapidement l'arrière du pavillon. Bien. Ils étaient en mesure d'accéder à l'intérieur par les fenêtres, mais il n'y avait toujours aucun signe de l'endroit où le fumeur était parti.

Ils retournèrent à leur véhicule et appelèrent Levi.

— N'entrez pas dans la maison, prévint Levi. Nous mettrons une balise sur cette adresse. Mais vu ce que vous avez dit, il y a des chances qu'il garde quelque chose.

Rhodes était d'accord, mais cela ne signifiait pas que le gars était un criminel.

Merk et lui louèrent une chambre d'hôtel pour la nuit. Leur devise en voyage était simple. Entrer, sortir, rentrer. Avec un peu de chance, ils retourneraient à l'enceinte le lendemain soir, et pas trop tard.

À l'hôtel, ils téléchargèrent rapidement et envoyèrent à Levi toutes les images qu'ils avaient recueillies, y compris celles que Rhodes avait prises de l'homme à l'allure militaire qui fumait sur la terrasse arrière. Peut-être qu'avec les nouveaux programmes de reconnaissance faciale, ils parviendraient à l'identifier. Rhodes n'était pas sûr que Levi recherchait un attentat terroriste, ni Bullard d'ailleurs, mais le fait que lui et Merk aient trouvé une maison avec une cache d'explosifs était une mauvaise nouvelle, quel que soit le pays où ils se trouvaient.

RHODES ET MERK se levèrent et prirent la route bien avant l'aube pour se rendre à l'endroit suivant sur leur liste. Ils s'arrêtèrent à la quatrième maison suffisamment tôt pour que les voisins ne soient pas encore levés. Cette fois, ils se garèrent au coin de la rue et entrèrent par l'allée de derrière. L'arrière de la maison avait un grand porche qui les cachait de la vue des voisins au moins. Alors que Rhodes s'apprêtait à ouvrir la porte, ils se rendirent compte qu'elle avait déjà été forcée. Après avoir pris une photo de la serrure et du chambranle cassés, ils poussèrent la porte et crièrent :

— Il y a quelqu'un ?

— Bonjour, il y a quelqu'un ?

En se jetant un coup d'œil, ils sortirent tous deux leurs armes et entrèrent, l'un debout, l'autre baissé. Ils balayèrent le premier niveau en se déplaçant en tandem. Ils connaissaient la marche à suivre. Personne n'était prêt à prendre une balle à ce stade de sa vie. Le rez-de-chaussée était complètement vide. Mais quelqu'un s'était introduit dans la bâtisse pour une raison précise. À moins qu'ils ne soient entrés pour faire le ménage.

Ils montèrent à l'étage, qu'ils trouvèrent lui aussi complètement vide. La porte de l'escalier menant au grenier n'était pas verrouillée. Ils se regardèrent, et Rhodes actionna la poignée. Merk monta le premier. Ils s'arrêtèrent dans le grenier vide et regardèrent autour d'eux, perplexes. Il y avait eu quelque chose ici. L'endroit était impeccable, aucun signe d'accumulation de poussière, comme si le service de nettoyage était passé ou que tout avait été débarrassé récemment. Au fond du grenier se trouvaient des sortes de sacs. Les deux hommes les étudièrent attentivement avant de s'avancer.

L'odeur les frappa d'abord en s'approchant.

Ils trouvèrent deux types morts. Tous deux enveloppés dans du plastique transparent et attachés avec des cordes. D'après la décomposition déjà en cours et les fluides qui remplissaient les coins du plastique, les corps étaient là depuis au moins quelques jours, voire quelques semaines. Prenant soin de ne pas les déranger, Merk et Rhodes passèrent au peigne fin le reste de la petite pièce. Rien d'autre n'avait été laissé.

Il serait très difficile d'identifier leurs visages à travers le plastique. Rhodes prit quand même des photos et les envoya à Levi. Il ne savait pas ce qui se passait, mais c'était une bonne chose que quelqu'un vérifie ces maisons. De retour à l'extérieur, ils prirent plusieurs grandes bouffées d'air frais et attendirent que Levi revienne vers eux.

— Levi ? demanda Rhodes en répondant à son téléphone. Ce n'est pas exactement ce que nous nous attendions à trouver.

— Certainement pas. J'ai appelé les flics. Restez sur les lieux. Expliquez que vous travaillez pour nous et que vous cherchez à parler aux habitants de la maison. Ne leur donnez pas de détails, dirigez-les vers moi. Dites que vous avez trouvé la porte entrouverte, qu'elle a été forcée, et que vous êtes entrés pour enquêter.

— Et la maison avec la dynamite ?

— La police y est descendue. Vous pourrez le voir aux informations, répondit Levi d'un ton laconique. Quelques bons médias ne feront pas de mal à la police locale.

Rhodes rit, mais il n'était pas du tout impressionné par le fait d'avoir à attendre les flics ou les explications à venir. Merk et lui s'assirent sur le porche arrière et obéirent aux consignes. Ils s'étaient déjà retrouvés dans cette situation.

Lorsque les forces de l'ordre arrivèrent, Merk et lui répondirent aux quelques questions posées et leur montrèrent rapidement les corps. Ils furent ensuite escortés hors de la propriété et invités à attendre que les enquêteurs les interrogent.

L'attente fut suffisamment longue pour que, lorsqu'ils reprirent la route, il leur soit impossible de rentrer chez eux le soir même. Il leur restait encore une adresse à vérifier.

— Merde ! s'exclama Merk. J'ai dit à Katina que je serais à la maison ce soir.

— Il n'y a pas de certitude dans ce métier. Surtout avec

Levi.

— De la dynamite et des cadavres ? Qui l'aurait cru ?

— Et quel est le lien ?

ILS ÉTAIENT ENCORE à plusieurs heures de la cinquième maison. Bien sûr, c'était la plus éloignée.

Ce fut en fin d'après-midi qu'ils s'arrêtèrent devant la bâtisse. Après ce qu'ils avaient trouvé aux premier et quatrième pavillons, ils ne savaient pas du tout à quoi s'attendre ici. Lorsqu'une famille avec des enfants en bas âge sortit pour jouer dans la cour, ils se demandèrent s'ils ne s'étaient pas trompés d'endroit. Ils revérifièrent l'adresse avec Levi, mais c'était bien une famille qui vivait ici.

Les trois bambins semblaient avoir moins de six ans. La mère et le père étaient là, ainsi qu'un chiot. C'était l'exemple même de la famille américaine heureuse.

Merk et Rhodes firent le tour du quartier, prirent quelques photos et se dirigèrent vers l'allée. Ce n'était pas ce qu'ils s'étaient imaginé.

Sur les instructions de Levi, ils reçurent l'autorisation de retourner chez eux. C'était une très bonne nouvelle. Ils étaient plus que prêts à rentrer.

Chapitre 3

MERK ET RHODES étant partis, Sienna trouva la maison calme et solitaire. Katina et elle se retrouvèrent naturellement ensemble. En réalité, Katina venait au bureau pour donner un coup de main. Elle apprenait vite. Et sa mémoire était d'une grande aide.

Quand Sienna s'était levée ce matin-là, elle était tombée sur Stone et Lissa de retour d'une visite chez les parents de celle-ci. Ils avaient reçu une sorte de rameau d'olivier en échange. Sienna ne connaissait pas toute l'histoire, mais Lissa paraissait un peu plus heureuse au sujet de ses parents. Et elle avait Stone à ses côtés. Il rendrait n'importe qui heureux. Cet homme ressemblait à un gros nounours et adorait manifestement Lissa. Elle avait de la chance.

D'une certaine manière, cela rendait Sienna triste.

L'enceinte était en train de devenir la terre des couples. Entre Levi et Ice, Stone et Lissa – et maintenant Merk et Katina, le dernier couple qui s'était formé pendant qu'elle était partie ficeler son ancienne vie –, elle se sentait un peu perdue et seule. Et c'était stupide. C'était à l'époque où elle traversait le pays en auto-stop, cherchant à déterminer quel était son but dans la vie.

Pas maintenant qu'elle était ici, avec un travail, un bel endroit où vivre et un salaire très décent. Qui savait comment son existence finirait ? Elle ne s'attendait pas à se retrouver ici, surtout en découvrant qu'ils étaient des amis de Jarrod. Il y avait quelque chose de très synchronisé là-dedans.

En particulier, le fait de voir Rhodes.

Maintenant qu'elle avait remis à Levi toutes les informations qu'elle avait mises au jour sur les banques, elle retournait à la comptabilité et au travail de bureau qu'elle aimait d'une certaine manière. Bien qu'il s'agisse d'un boulot banal et ennuyeux, elle pouvait l'effectuer aveuglément, en rêvant de tout le reste du monde. Lorsqu'elle entendit quelqu'un à la porte du bureau, elle leva les yeux et vit Katina.

— Tu te rends compte qu'aucun d'entre nous n'a de hobby ? la questionna Katina. Personne ici ne joue de la musique, ne semble peindre ou dessiner, ou faire quoi que ce soit de ce genre. Je me demande pourquoi.

Sienna sourit.

— Tu en as ?

Katina s'affaissa dans son fauteuil.

— Non. Mais j'ai l'intention d'en trouver un. J'ai toujours voulu jouer de la guitare et apprendre à peindre. Mais c'est probablement une bonne chose pour toi que je ne m'initie pas à la guitare pour l'instant, et je doute que je me débrouillerais très bien en peinture parce que je ne sais vraiment pas dessiner.

Elle rit.

— J'aime jardiner, mais as-tu déjà vu un endroit qui se prête moins à un jardin ? Tout est bétonné ici.

— C'est vrai, mais on peut certainement accomplir beaucoup de choses avec des jardinières. Imagines-en de grandes en cèdre un peu partout. Cela réchaufferait vraiment l'enceinte.

Elle fit un signe de tête vers la porte.

— Parle à Alfred. Il a l'air de quelqu'un qui adorerait avoir un jardin. Surtout s'il s'agit d'un jardin d'herbes aromatiques.

Katina s'illumina.

— C'est susceptible de me convenir. Je n'ai jamais eu d'endroit où cultiver des végétaux avant. Je vivais dans un petit appartement.

— Et comment ça se passe pour toi et Merk ici ? l'interrogea Sienna avec précaution. Et si c'est trop personnel, je suis désolée.

Il y eut une minute de silence pendant laquelle Katina étudia le visage de Sienna.

— Tu demandes ça à cause de Rhodes ?

Son ton était léger, humoristique.

Sienna sentit la chaleur remonter le long de son cou.

— Ça se voit tant que ça ?

— Ça se voit depuis que vous vous êtes rencontrés. Tout le monde l'a remarqué, la railla Katina, le sourire aux lèvres. Des étincelles. Mais on dirait qu'elles sont très contrôlées.

Sienna lui jeta un regard.

— Mon frère et Rhodes sont amis. Ça signifie qu'il ne veut pas de moi.

Katina se mit à rire.

— Eh bien, tu n'as qu'à lui faire changer d'avis. Tu es une adulte, tu n'es plus une petite sœur, et Jarrod peut aller au diable. Tu dois opérer ces choix par toi-même.

— Oui, sauf que Rhodes ne me verra jamais autrement que comme la petite sœur de Jarrod.

Katina se pencha en avant et chuchota :

— Emmène-le au lit. Il ne saura pas ce qui lui est arrivé.

Sienna ricana. L'idée lui plaisait. Cependant, elle ne voulait pas tout gâcher avec Rhodes ou sa vie ici. Surtout si sa relation avec lui n'était pas un scénario à long terme. Cela rendrait la collaboration très inconfortable.

Et c'était la dernière chose qu'elle souhaitait. C'était son travail et sa maison. Elle était la nouvelle venue. Elle n'avait pas envie de bouleverser le cours des choses uniquement parce qu'elle était attirée par lui.

— Je ne peux pas lui infliger ça. Plus tard, il pensera que c'est une erreur et il se détestera.

— Tu t'inquiètes trop. Rhodes est un grand garçon. De plus, une fois qu'il aura choisi, ce sera une décision définitive. Il est très loyal. Tous ensemble, ils ont formé ici un réseau familial que je n'ai jamais vu ailleurs. C'est vraiment merveilleux.

Katina regarda par la fenêtre, semblant se diriger vers un endroit lointain.

— J'avais peur de ne pas m'intégrer. D'être l'intruse. Ou de perturber d'une manière ou d'une autre ce sens de la famille.

Elle jeta un coup d'œil à Sienna et ajouta :

— Tu étais même là avant moi. Mais ce que j'ai découvert, c'est que la famille s'élargit. Elle est élastique. Elle s'ouvre et se ferme en fonction des besoins. Et maintenant, je me sens à ma place.

— Cela ne signifie pas qu'il y a quelque chose entre Rhodes et moi.

— Bien sûr que non. Mais si vous n'œuvrez pas en ce sens, il n'y aura jamais rien.

Avec un sourire enjoué, Katina se leva et déclara :

— Je vais descendre voir si Alfred a besoin d'aide à la cuisine.

Elle lança un coup d'œil dans la pièce et ajouta :

— Tu n'as pas besoin de moi, n'est-ce pas ?

Sienna secoua la tête.

— Non, j'ai presque terminé la paperasse. Les gars ne devraient pas tarder à rentrer de toute façon. Apparemment, ils ont fait un sacré voyage.

— C'est vrai. Ils ont trouvé des cadavres, dit Katina en frémissant.

— Les tâches de cuisine et de bureau me conviennent beaucoup mieux.

Elle adressa à Sienna un sourire radieux et partit.

Sienna la regarda s'éloigner. Katina était tellement joyeuse et optimiste. Il était agréable de la côtoyer. Sienna ne se considérait pas comme morose, mais elle avait définitivement perdu beaucoup de son entrain lorsque son ancien travail s'était effondré.

Le téléphone sonna. Encore Bullard.

— Allô, Bullard. Et maintenant ?

Il rit.

— Tu crois que je t'appelle seulement quand j'ai besoin d'aide ?

— Bien sûr que oui.

Elle scruta la pièce vide, bascula sa chaise en arrière et posa ses pieds sur le bureau.

— Tout le monde n'est pas là pour se servir de toi, se défendit-il d'un ton enjoué. Il y a aussi beaucoup de bonnes personnes sur Terre.

— Ces bonnes personnes se serviraient de moi aussi, se plaignit-elle d'un air amusé. Revenons à nos moutons. Qu'est-ce qu'il te faut ?

Il s'esclaffa.

— Rien. Je voulais te donner des nouvelles. La première banque a retrouvé son employé – le type plus âgé dont je t'ai parlé, le responsable informatique, qui va bientôt prendre sa retraite. Il a commencé à voler le sommet de la pyramide. Il a avoué sans hésiter. Il essayait de sauver son fils, qui pourrait être impliqué dans quelque chose de bien plus sombre, car c'est lui qui avait les feuilles de calcul.

— Travaillaient-ils ensemble ?

— Pas selon le père. Son fils est complètement innocent si on l'écoute.

— J'en doute, dit-elle en riant. Mais le père a failli s'en tirer.

Elle fixa son bureau.

— J'ai trouvé des numéros de compte dans le code que tu as envoyé. Les transactions étaient toutes internationales.

— C'est logique. Je te ferai savoir si d'autres banques me contactent.

Son ton devint calme.

— Je t'en dois une.

Et il raccrocha.

Elle souriait encore lorsque Levi entra dans la pièce. Il haussa un sourcil et demanda :

— Quoi de neuf ?

Elle le mit rapidement au courant de l'affaire Bullard.

— C'est vraiment du bon boulot, Sienna.

— Je n'ai rien fait. C'était facile.

Elle haussa les épaules, gênée.

— Cette partie-là, c'est de la chance.

Il rit.

— Quelque chose n'est facile que parce qu'on est doué pour ça.

Il se dirigea vers son bureau.

Elle l'étudia lorsqu'il s'assit et le questionna d'une voix basse qu'elle espérait calme et désintéressée :

— Quand est-ce que les gars reviennent ?

— Ils sont en route.

Elle acquiesça.

— Ils vont rentrer tard, alors.

Elle le regarda et lui demanda :

— Tu as un autre travail à me confier en ce moment ?

— Non, tu en as déjà fait beaucoup cette semaine. C'est très apprécié.

Elle éteignit son ordinateur et se mit debout en ajoutant :

— Dans ce cas, je vais voir si j'arrive à trouver une tasse de café.

Elle sortit de la pièce et se dirigea vers la cuisine. L'enceinte était immense, et une douzaine de personnes y vivaient. Il n'y avait pas beaucoup d'activités sociales dans cette région isolée, mais lorsqu'elle en avait l'occasion, elle se rendait en ville. Elle ne voulait pas avoir l'impression d'être obligée de rester dans la propriété. Car ce n'était pas le cas. Elle allait avec Katina, et parfois Ice, voir un ou deux films en ville, déjeuner et faire du shopping. Parfois, les garçons se joignaient à elles. Mais ses besoins étaient minimes, et il était insensé de payer un repas alors qu'Alfred était un si bon cuisinier.

En réalité, elle s'ennuyait. Et elle ne s'y attendait pas. Même si elle s'était bien installée ici, avec le départ de son frère, il y avait un sentiment de perte. Ce sentiment était d'autant plus fort que Rhodes n'était pas là ces derniers jours. Mais encore une fois, il ne la voyait pas vraiment quand il était ici.

Elle se promena dans la cuisine, une tasse de café à la main, et marcha vers le garage. Elle ne connaissait pas grand-chose à l'électronique. Harrison était penché sur un ordinateur portable et jurait. Elle s'approcha de lui et le questionna :

— Pourquoi es-tu si contrarié ?

Il la considéra avec surprise, puis sourit.

— En réalité, c'est amusant pour moi. J'aime voir ce que les gens ont caché dans leur ordinateur portable et ce qu'ils font avec des fichiers secrets qu'ils croyaient effacés. Les gens pensent toujours que s'ils suppriment quelque chose de leur ordinateur ou endommagent le disque dur, c'est fini.

Il secoua la tête.

— Et ce n'est pas le cas.

Elle acquiesça.

— C'est la même chose avec le code.

Elle fronça les sourcils, observa le désordre et ajouta :

— Puis-je t'aider en quoi que ce soit ?

Il la fixa et répondit :

— Si tu es sérieuse, oui. Essaie de trier tous les câbles et de mettre en place des bacs pour chaque type. Parfois, je dois brancher plusieurs unités ensemble, et, si nous n'avons pas un système ordonné, cela peut prendre du temps pour trouver ce dont j'ai besoin.

Elle se dirigea vers ce qui semblait être un système de stockage flambant neuf et demanda :

— Y a-t-il un ordre particulier à respecter ?

— Si tu utilises ces bacs, nous pourrons les déplacer à notre guise.

En regardant de plus près, elle se rendit compte que les boîtes en plastique se détachaient, de sorte que tant qu'elle déposait un objet dans chacune d'elles, il était en mesure de les organiser comme il le souhaitait. Elle reporta son attention sur le grand établi entièrement recouvert de câbles.

Elle tria ce qu'elle put dans la réserve et plaça les câbles manifestement distincts dans les trois premiers bacs vides, puis sépara le reste de la pile. Elle trouva de tout, des câbles standard aux câbles d'imprimante, en passant par un tas de fils coupés et de longs câbles en tissu, ainsi qu'un amas de nœuds d'autre chose. Il s'agissait de concentrateurs, mais elle ignorait totalement s'ils devaient être démontés ou non. Elle les mit de côté pour poser des questions plus tard et se plongea rapidement dans l'amoncellement de serpents qui se trouvait au-dessus.

Elle connaissait les logiciels. Cette aventure dans le matériel était différente.

Lorsque les grandes portes à double battant s'ouvrirent derrière elle, elle se retourna avec surprise. C'étaient bien Rhodes et Merk dans leur pick-up. Ils s'arrêtèrent, se garèrent, et elle aperçut de justesse Katina qui se précipitait pour plonger dans les bras de Merk. Alors qu'il tenait Katina serrée contre lui, le regard de Sienna rebondit sur Rhodes et ailleurs. Cela suffisait pour constater qu'il l'étudiait.

Elle pivota rapidement et donna un coup de coude à Harrison pour lui signifier que les gars étaient là. Puis elle prit la parole :

— Je ne savais pas quoi faire avec le reste du matériel.

Elle désigna les objets encore sur le bureau.

— J'ai mis les autres dans les bacs.

— Ça a l'air parfait, dit-il avec un grand sourire. C'est d'une grande aide.

Il sépara le reste de l'électronique et, sous le regard de la jeune femme, il jeta le matériel dans différentes boîtes.

Elle aurait pu s'en charger, mais pas sans savoir ce qu'il souhaitait. Lorsqu'elle se retourna, Rhodes la considérait toujours. Elle lui rendit la pareille.

— Qu'est-ce qui ne va pas chez toi ? s'emporta-t-elle.

— Toi, rugit-il.

Elle plaça ses mains sur ses hanches et l'étudia.

— Et maintenant ?

— Tu as déjà assuré une journée entière. Qu'est-ce que tu fous ici à aider Harrison ?

— Ce que je fais, c'est mon affaire, se fâcha-t-elle.

Elle lança un coup d'œil à Harrison, mais il s'était sagement écarté du chemin et était occupé à laver la vaisselle.

Elle aperçut Katina et Merk, qui cachaient tous deux leur sourire en se dirigeant vers la porte. Katina rappela :

— Rhodes, nous avons préparé le dîner, il est donc temps de rentrer te doucher.

Alors qu'ils disparaissaient, Harrison pénétra dans la maison juste après eux, laissant Rhodes et elle seuls dans le garage.

— Regarde-toi, couvert de saletés.

Elle jeta un coup d'œil vers le bas et sourit.

— Mais c'est de la saleté honnête. Et elle partira au lavage. Tout comme moi. Ce n'est qu'un jean et un tee-shirt. Je peux me changer assez facilement.

Elle essaya de dépoussiérer ses vêtements, mais ce fut plutôt inefficace. Elle haussa les épaules.

— Et ça n'a pas d'importance. Le dîner attend, alors allons-y.

Rhodes se dirigea vers la porte principale, puis pivota et s'étonna :

— Cela signifie-t-il que tu n'as pas encore mangé non plus ?

Elle lança un coup d'œil à sa montre et vit qu'il était 19 heures.

— Non, je n'ai pas mangé. Je suppose que je suis restée ici pendant quelques heures avec Harrison.

— Donc, dès que ton frère disparaît, tu arrêtes de prendre soin de toi ? s'insurgea-t-il.

Elle sursauta.

— C'est vraiment injuste.

Elle posa de nouveau ses mains sur ses hanches – ce qui semblait être la position qu'elle préférait trop souvent lorsqu'elle lui faisait face – et rétorqua :

— Peu importe qu'il soit là ou non.

Elle sauta sur la marche devant lui pour réussir à affronter son regard et lâcha :

— Ce n'est pas parce que mon frère est parti que j'ai besoin d'un autre homme pour le remplacer.

Elle tourna le dos à Rhodes et entra en trombe.

Elle marcha vers la cuisine pour se laver les mains. Lorsqu'elle se rendit à la longue table à manger, la seule place libre était près de Rhodes. Elle ne voulait absolument pas s'asseoir à côté de lui. Mais tout le monde était déjà installé, alors elle prit la chaise libre sans être impolie ou provoquer une scène, ce qui aurait attiré encore plus d'attention sur elle et Rhodes. Elle s'assit à côté de lui et l'ignora complètement pour le reste du repas.

IL N'AVAIT PAS l'intention de s'en prendre à elle. Mais ils avaient conduit comme des fous pour rentrer à la maison. Et il avait été impatient de la voir pendant tout le trajet. Elle n'était qu'avec Harrison. Mais la voir se tuer à la tâche le rendait fou. Il aurait dû se rendre compte qu'elle avait besoin d'autres centres d'intérêt et qu'elle était probablement curieuse de ce qui se passait ici.

D'ailleurs, Harrison aurait accepté n'importe quelle aide. Lorsqu'il se lançait dans un projet lié à l'électronique, il était perdu pendant des heures. C'était à la fois bien et mal. Mais

Rhodes ne pouvait s'empêcher de se demander si quelque chose se passait entre Harrison et Sienna. Il saisit sa fourchette un peu trop fermement et poignarda le morceau de rosbif un peu trop vivement. *Calme-toi, mon pote. Doucement.* Rhodes aimait aussi beaucoup qu'elle lui tienne tête.

Pourtant, il y allait un peu fort. Elle avait raison. Elle avait des frères plus âgés, et elle n'avait pas besoin que Rhodes la surveille aussi. Du moins, pas dans ce rôle. Mais le seul rôle qui lui restait était celui d'ami, et il n'en voulait pas. Il désirait tellement plus.

Il évita délibérément de regarder tous les couples présents à la table. Il était de plus en plus évident que la société de Levi et Ice avait trop de points communs avec le groupe de Mason. Et ils seraient tous en colère s'il en parlait, mais… c'était assez difficile de ne pas y penser.

Parce qu'il était l'un des hommes sans partenaire.

Soupirant, il termina son assiette et la repoussa.

— Merci, Alfred. Comme d'habitude, c'était fantastique.

D'autres voix se joignirent à lui pour exprimer leur appréciation. Rhodes glissa du banc, attrapa son assiette et la porta dans la cuisine. Il la rinça et la plaça lui-même dans le lave-vaisselle, prit une tasse de café, passa la tête dans la pièce où il était assis et déclara :

— J'en ai fini pour ce soir. À demain matin.

Et il se retourna vers sa suite.

Il était tôt, mais ce n'était pas la question. Il avait seulement besoin d'être seul, loin des autres. Dans sa chambre, il déballa rapidement ses affaires, prit une douche et installa son ordinateur portable. Il avait des recherches à effectuer pour savoir ce que les médias avaient appris sur les corps sans nom que Merk et lui avaient trouvés. Deux hommes morts avaient mis un gros bémol au voyage, car quoi que l'on pense des criminels, ils avaient été un père, un frère, un mari et/ou un fils pour quelqu'un. Et des gens, quelque part, souffraient en ce moment même de leur perte.

Il n'y avait pas non plus de preuve qu'ils étaient les méchants. Pour ce que Rhodes en savait, ils étaient innocents.

Très étrange en effet. À moins que la maison n'ait été utilisée pour de la drogue ou de la dynamite, et que quelque chose ait mal tourné. Peut-être que les voleurs s'étaient disputés et que ces deux types avaient été abandonnés. Il pourrait s'agir de frères, propriétaires du pavillon, qui avaient été éliminés pour des raisons de commodité.

Parfois, la vie était tout simplement nulle.

Il consulta rapidement les médias, les journaux locaux, mais ne trouva aucune mention de l'un ou l'autre gars.

C'était un cas étrange. Ils n'avaient pas une vue d'ensemble, et il n'aimait pas cela. Il souhaitait en savoir plus, en faire plus. Il voulait tourner la page, et comment allaient-ils y parvenir si ce n'était pas leur affaire ?

Lorsqu'on frappa à la porte, il se leva, ouvrit et trouva Levi.

Il s'appuya contre le cadre de la porte et Levi lui annonça :

— Nous avons deux identifications pour les deux corps.

Rhodes se redressa.

— Et ?

— C'étaient des cousins. Tous deux liés au trafic de drogue. Aucun ne semblait avoir de lien avec la maison ou l'affaire de fraude bancaire de Bullard.

— C'est étrange qu'ils aient été découverts à cet endroit à ce moment-là.

Rhodes fronça les sourcils.

— Il est évident qu'il y a un lien puisqu'il nous a donné

les adresses.

— Pas s'il y a eu des luttes intestines entre les voleurs, et que ces deux-là ont perdu la bataille.

— Tout est possible. Et le raid sur la maison avec la dynamite ?

— La police a retrouvé les propriétaires, qui vivent actuellement sur la côte ouest. Il s'agissait d'une location. Ils n'ont aucune idée de ce qui se passait là-bas, et ils n'ont aucune réponse.

— Cela n'aurait pas été une bonne surprise pour eux non plus. Donc, pas de réponse.

Il étudia Levi et dit :

— Je n'aime pas ne recevoir que des bribes d'informations. Nous avons une maison avec des explosifs, et une autre adresse résidentielle très éloignée qui abritait probablement de la drogue et deux hommes morts. Quel est le lien ? Est-ce notre travail, le tien ou celui de Bullard ? Et quel est le rapport entre tout cela et le code que Sienna cherchait ?

Il leva les mains en signe de frustration.

— Au moins, dans un boulot normal qui est entièrement le nôtre, nous avons toutes les informations. Nous avons les cibles. Nous savons ce qui se passe. Dans ce cas, on a l'impression de sous-traiter à Bullard.

— Et c'est le cas. C'est nouveau. C'est différent – et ce n'est peut-être pas quelque chose que nous voulons faire souvent –, mais nous sommes plus proches de la banque de Dallas que Bullard. Nous sommes les locaux ici. Il en va de même dans l'autre sens. À l'avenir, si nous avons besoin d'une information à laquelle il est capable d'accéder plus facilement que nous ne le pouvons d'ici, nous la lui sous-traiterons.

— Je comprends cela en théorie. C'est simplement que ça me semble… bizarre.

Il adressa un sourire de travers à Levi.

— Tu as conscience que j'aime avoir une cible.

Levi rit.

— Bien sûr que oui. Tu devrais peut-être aller à la salle de sport pour évacuer cette frustration.

— Ce n'est pas une mauvaise idée en réalité. Mes propres recherches sur les hommes pour voir si les médias avaient trouvé une piste n'ont pas donné grand-chose.

— Plusieurs juridictions que je connais ont travaillé sur le sujet. Mais personne n'a d'informations pour nous aider.

— Quels sont les noms des cousins ?

— Martin et Jeremy Lewis.

Levi frappa le mur et déclara :

— Je serai dans le bureau pendant une heure si tu as envie de parler.

Et il tourna les talons.

Rhodes n'était pas sûr de ce que signifiait la dernière phrase, mais se dit qu'il s'agissait probablement d'un commentaire ouvert. Pourtant, la suggestion de Levi concernant une séance d'entraînement était une bonne idée.

Ils avaient aménagé une grande salle de sport peu de temps après leur arrivée. Il se changea rapidement pour enfiler une chemise et un short, prit une serviette et une bouteille d'eau, puis se dirigea vers l'étage inférieur. La salle de sport se trouvait en face du centre médical. Heureusement, cette zone était propre et vide. Ils avaient déjà baptisé cette pièce plusieurs fois.

Il entra, déposa sa serviette et se dirigea vers les poids libres. Il fit ses exercices pour le haut du corps pendant dix bonnes minutes, puis il eut l'impression de ne pas être seul.

Lorsqu'il se retourna, bien sûr, c'était Sienna.

Elle pratiquait des exercices au sol en l'ignorant complètement.

Eh bien, il pouvait en faire autant. Il accomplit rapidement une autre série, posa ses poids, étira ses muscles et l'aperçut dans les miroirs. Elle faisait maintenant des pompes. Et bon sang, elle savait bouger. Il était fier de faire des pompes parfaites, mais lorsqu'il s'agissait de la forme d'une femme, elle la mettait au tapis. Il voulait rester là à l'admirer, mais cela ne servirait pas son propre entraînement. De plus, elle était sacrément irritable, et il était presque sûr qu'elle n'aimait pas que quelqu'un la regarde.

Il retourna à ses poids pour le haut du corps. Le temps qu'il se concentre de nouveau sur elle, elle était partie. C'était l'occasion rêvée de s'excuser, et il ne l'avait pas saisie. C'était le problème avec les excuses. Il fallait qu'elles soient exprimées sur-le-champ, avant qu'elles ne se transforment en disputes plus importantes pour rien. Maintenant, il était de nouveau frustré.

Il se dirigea vers le sol, se laissa tomber sur le tapis et fit cinquante pompes. Puis il en ajouta vingt-cinq autres sur la main gauche, et vingt-cinq autres sur la main droite. Comme il en avait encore besoin, il pivota sur le dos et fit cent abdominaux.

Lorsqu'il eut terminé, il se sentit un peu plus calme. Il se leva, partit puis, la serviette autour du cou, il aperçut Sienna dans la clinique médicale. Elle se promenait dans la pièce, étudiant tout. Il l'observa pendant une longue minute avant de franchir le seuil de la porte.

— As-tu une formation médicale ?

Elle lui jeta un regard, puis secoua la tête.

— Ce n'est vraiment pas mon truc.

Elle agita les bras en direction des armoires propres.

— C'est comme si un grand mystère se déroulait ici. Je suis à la fois fascinée et repoussée.

Il sourit.

— Je ne pense pas que tu sois la seule dans ce cas.

Alors qu'elle avançait vers lui, comme si elle avait l'intention de le dépasser pour se rendre dans sa suite, il dit brusquement :

— Je suis désolé.

Elle se retourna et le considéra.

— Pourquoi ?

Déjà mal à l'aise, il se hérissa.

— D'avoir agi comme ton grand frère.

— Eh bien, c'est une chose que tu n'as pas bien comprise en ce qui concerne les frères et sœurs. Jarrod ne s'excuserait jamais.

Elle sourit.

— Cependant, j'accepte tes excuses. Mais ne recommence pas.

Il roula des yeux.

— Tu ne rends pas les choses faciles.

— Et ce n'est pas mon intention non plus.

Elle s'éloigna, puis pivota et continua à marcher à reculons en lui demandant :

— Des nouvelles des hommes que vous avez trouvés ?

— Des cousins. Nom de famille Lewis, prénoms Martin et Jeremy. Tous deux liés au trafic de drogue.

Elle se figea. Son regard s'élargit.

— Ce sont les deux noms auxquels j'ai relié les comptes.

Elle fronça les sourcils.

— J'ai oublié de le dire à Bullard.

— Quoi ?

Il fit plusieurs pas vers elle.

Elle se retourna et courut vers les escaliers.

— Je dois parler à Levi !

Puis elle disparut.

Il était hors de question qu'elle le laisse dans l'ignorance.

Il accéléra le pas et monta les escaliers derrière elle.

Chapitre 4

— LEVI ?

Elle se tenait, hésitante, devant la porte du bureau.

Ice et Levi avaient tous deux la tête penchée sur des plans. Elle savait qu'ils prévoyaient d'agrandir le complexe, mais ignorait ce que cela impliquait exactement.

Levi leva les yeux et sourit.

— Quoi de neuf, Sienna ?

Elle s'avança de quelques pas et dit :

— Rhodes vient de me parler des cousins retrouvés morts dans la maison. Je suis presque sûre que ce sont les deux noms que j'ai déchiffrés à partir du code et des feuilles de calcul que Bullard a envoyés.

Le regard de Levi s'élargit.

— Je me suis demandé pourquoi ils me semblaient familiers. Mais je n'ai rien trouvé qui me permette de le confirmer.

Il se redressa, se dirigea vers la table où elle avait placé les codes avec son bloc-notes de noms décryptés. Il toucha la deuxième ligne et déclara :

— Tu as raison. J. Lewis, M. Lewis. Et aussi les initiales R.F.

— Et ces noms étaient accompagnés de chiffres plus petits, précisa Sienna. C'est potentiellement une affaire moins importante. Bien sûr, ce n'est qu'une supposition jusqu'à ce que nous obtenions plus de réponses.

— Mais nous sommes également en mesure de retrouver beaucoup d'informations sur ces cousins maintenant, souligna Ice.

Elle avança vers un bureau dans le coin le plus éloigné. Sienna le reconnut comme étant celui qu'elle utilisait habituellement, mais comme ils se déplaçaient tous, en fonction de qui était ici et de qui était parti, elle ne savait pas si quelqu'un avait un ordinateur dédié.

Ice s'assit, ouvrit l'ordinateur portable et dit :

— Je ne suis pas aussi douée que certains, mais j'apprends.

Levi sourit.

— Nous ne faisons rien d'illégal, expliqua-t-il à Sienna. Mais nous avons accès à de nombreuses bases de données, y compris des fichiers de la police. Et si nous ne parvenons pas à obtenir suffisamment d'informations par nous-mêmes, nous avons des amis qui le peuvent.

— Pas d'arrestation pour aucun des deux noms, indiqua Ice. Mais nous avons des dossiers juvéniles scellés pour les deux.

— Ça ne m'étonne pas. Nous n'obtiendrons pas la levée des scellés.

— Ce n'est pas nécessaire, tempéra simplement Ice. Le fait qu'ils existent signifie que leur adolescence a été marquée par le crime.

— D'autres membres de la famille ? demanda Levi.

Sienna attendit, souhaitant pouvoir s'impliquer davantage. Puis elle réalisa qu'elle avait également accès à certains de ces renseignements. Elle se dirigea vers son ordinateur portable et l'alluma. En quelques minutes, elle déclara :

— Martin a un frère. Ses deux parents sont encore en

vie. Jeremy a une sœur, et sa mère est vivante. Les cousins ont été élevés ensemble.

Elle étudia les adresses devant elle.

— Les familles sont propriétaires de leur maison. Peut-être qu'elles avaient de l'argent ou qu'elles en ont reçu. Il n'y a pas d'hypothèque sur l'une ou l'autre.

— Les deux hommes ont donc été élevés dans une famille nombreuse, avec de bonnes valeurs, et n'ont manifestement pas vécu dans un quartier pauvre si leurs parents étaient propriétaires de leur domicile, théorisa Ice.

— Je ne suis pas en mesure de confirmer cela pour le quartier, tempéra Sienna. Ce ne serait pas trop difficile de le vérifier, mais ça ne sert pas à grand-chose.

— Souvent, il n'y a aucune raison pour que certains enfants partent vers le sud comme cela, déclara Ice. Peut-être aussi qu'ils sont entrés dans ce monde pour gagner de l'argent, et que c'est comme ça que les parents ont payé leur maison.

Elle observa Levi.

— Il est temps de faire appel à quelques-unes de nos relations, de leur transmettre ces informations et de voir ce qu'elles ont à offrir.

— Ou de contacter Bullard d'abord, rétorqua Sienna.

Les deux se tournèrent pour la regarder, et elle sourit.

— Ou pas.

Elle leva les mains et haussa les épaules.

— Je ne sais pas trop comment tout cela fonctionne. Mais normalement, nous devrions obtenir un maximum de renseignements de notre côté avant d'en offrir à quelqu'un d'autre.

Ice rit.

— J'aime ta façon de penser.

Levi consulta sa montre et dit :

— Parfait. Il est environ 6 heures du matin là-bas. J'appelle Bullard tout de suite.

Il sortit son téléphone, se tourna vers Ice et annonça :

— Je te laisse lui parler.

Surprise, elle se leva et embrassa Levi sur la joue.

— Tu peux lui parler, mon chéri.

Elle sortit de la pièce.

— Il se fait tard. Je vais dans notre suite.

Sienna ferma son ordinateur portable en entendant Levi discuter avec Bullard et se tourna vers la porte du bureau. C'est alors qu'elle aperçut Rhodes, adossé à cette dernière, les bras croisés. Elle lui lança un regard noir.

— Tu as tout entendu ?

Il haussa les sourcils devant son ton et répondit :

— Bien sûr, pourquoi pas ? Je n'ai interrompu personne et je n'ai rien à ajouter.

Ses paroles étaient correctes et sa voix était posée, mais la lueur dans ses yeux la rendit méfiante.

Elle le dépassa.

— Levi est en train de parler à Bullard. Donc si tu veux lui en toucher deux mots, tu devras attendre.

— Tu vas te coucher maintenant ?

Il y avait un ton étrange dans sa voix. Elle pivota vers lui.

— Je vais prendre une douche.

— Ah.

Elle s'arrêta, se tourna pour lui faire face et lui lança un regard noir.

— Qu'est-ce que ça signifie ?

Il haussa de nouveau les sourcils.

Elle secoua la tête.

— Ne lève pas les sourcils comme ça. Qu'est-ce que tu

veux dire ?

— Rien. Je devrais prendre une douche aussi.

Il siffla en passant devant elle et lança :

— Dommage qu'on ne puisse pas se doucher ensemble et économiser l'eau.

Et puis, comme ça, il partit. Elle se dirigea vers sa suite et claqua la porte, qu'elle verrouilla derrière elle. Elle s'appuya contre cette dernière. Elle s'effondra alors lentement sur le sol.

Parce que maintenant, elle ne pensait plus qu'à eux deux, faisant l'amour passionnément, les corps se tordant sous l'eau chaude, complètement l'un dans l'autre.

Qu'il soit maudit. Maintenant, elle avait besoin d'une douche froide.

C'ÉTAIT MÉCHANT DE sa part. Pourtant, il sourit. C'était dommage. Elle était bien trop distrayante. Il aurait dû en parler à Jarrod quand il était ici, avant qu'il ne parte pour une autre mission.

Jarrod devait savoir que sa sœur était susceptible de sortir avec quelqu'un ici. Il y avait plusieurs hommes célibataires. L'attirance se produisait. Et bien trop vite dans certains cas. Il se dirigea vers sa suite et se déshabilla pour entrer dans la douche.

Il rit de nouveau de son commentaire et de l'expression de choc sur son visage. Il fit un pas sous l'eau, puis réalisa que, même s'il l'avait dit pour plaisanter, son corps pensait déjà à eux deux dans cette foutue douche. Et son corps n'acceptait pas de réponse négative.

Il fut obligé de baisser la température pour se rafraîchir et s'en remettre. Lorsqu'il s'enveloppa dans une serviette, se sécha et entra dans la chambre, il était furieux contre lui-même. En la taquinant, il se taquinait lui-même, et c'était la dernière chose dont il avait besoin. Il jeta un coup d'œil à l'heure et réalisa qu'il était encore assez tôt. Il enfila un tee-shirt et un sweat, et descendit regarder un film. Le salon était vide, et c'était ce qu'il aimait. Il alluma la monstrueuse télévision de soixante-douze pouces. Le seul point sur lequel ils étaient tous d'accord lorsqu'ils avaient décidé qu'il leur fallait une télévision, c'était qu'ils achèteraient la plus grande et la plus badass qu'ils trouveraient.

Il sourit en consultant la liste de films jusqu'à ce qu'il trouve un long-métrage d'action pure et dure. Avant d'appuyer sur Play, il se dirigea vers la cuisine pour prendre du pop-corn. Il mit le sac dans le micro-ondes, se servit un verre de whisky puis, une fois la cuisson terminée, ramena la boisson et le pop-corn dans le salon et s'arrêta. Il n'était plus seul.

Sienna tenait la télécommande et visionnait un film pour filles.

— Ah, bon sang, non, grogna-t-il.

Il posa le pop-corn et son verre, et ajouta :

— Pas de films pour nanas dans la maison.

Elle se retourna, un sourcil levé, et demanda :

— Tu crains la romance ? Ou peut-être que c'est le sexe.

Il lui lança un regard noir. Il se souvint de toutes les re-marques qu'il avait formulées à l'époque sur son tempérament. Manifestement, il l'avait bien piquée ce soir. Il décida de changer de tactique. Il se pencha devant elle et l'embrassa.

— La prochaine fois que tu veux que quelqu'un ré-chauffe ton lit, tu n'as qu'à le dire, la railla-t-il.

Il lui arracha la télécommande des mains et réafficha

immédiatement le long-métrage qu'il avait programmé.

— À part tuer, y a-t-il autre chose que tu aimes faire ?

Il appuya sur Play, et le film démarra immédiatement, commençant par une scène d'action où un immeuble explosait. Il sourit.

— J'adore ce genre de trucs.

Elle ricana.

— Bien sûr. Pas d'intrigue, pas de personnage, on fait seulement tout péter.

Mais elle ne partit pas. Elle s'installa dans l'angle opposé du canapé et regarda le film avec lui. Environ dix minutes plus tard, il se rendit compte qu'elle avait subtilisé le bol de pop-corn et qu'elle le tenait près de sa poitrine. Il la dévisagea avec indignation.

— D'abord, tu essaies de me voler mon film ; maintenant, mon pop-corn.

Elle lui lança un regard innocent et dit :

— Pendant que je mange celui-ci, pourquoi tu n'irais pas en chercher d'autre ?

Il lui adressa un regard noir et s'esclaffa.

— J'ai une meilleure idée.

Il se leva, s'installa à côté d'elle en la touchant de la hanche au genou, l'entoura d'un bras et déclara :

— On va partager.

Elle essaya de se dégager, mais en vain.

Finalement, elle se calma et le fixa.

— Ça t'apprendra à t'approprier le domaine d'un homme sans sa permission.

— Comme si c'était le tien, se moqua-t-elle. Tu crois que je ne sais pas comment gérer les mecs ? N'oublie pas que Jarrod n'est qu'un de mes quatre frères. Et ce sont tous des grands, des durs, des machos comme toi. Tu n'as rien de spécial.

Il avait l'intention d'atteindre le bol de pop-corn, mais sa main plus petite se glissa sous la sienne, et elle attrapa le dernier morceau qu'elle fit éclater dans sa bouche. Puis elle le dévisagea, comme pour le défier.

Il fixa le bol vide, puis la regarda en simulant l'indignation. Le problème, c'était qu'il n'avait pas envie de bouger, pas du tout. Il pensa à aller chercher un autre bol pour le partager, puis réalisa que dès qu'il bougerait, elle partirait. Il préférait rester ici.

— Tu te crois malin, hein ?

Elle détourna la tête, ramena ses jambes entre eux et s'assit en boule dans le coin.

— Je ne me laisserai pas intimider par les hommes.

— Je ne t'ai pas intimidée, contesta-t-il.

Mais il se recula légèrement pour lui laisser de l'espace. Il baissa les yeux vers le bol qu'elle tenait toujours dans ses bras.

— C'est toi qui m'intimides. Tu t'es enfilé tout le pop-corn.

Elle jeta un coup d'œil au contenant, puis rit.

— D'accord, peut-être que c'est moi. Mais j'avais faim.

— Tu n'as pas eu assez à manger au dîner ?

Il prit son whisky et s'installa.

— Il y a aussi de l'alcool, si tu veux boire quelque chose.

Elle considéra le verre avec un vague intérêt.

— Je ne suis pas une grande buveuse. Un verre de vin de temps en temps, c'est une autre histoire.

— Je peux t'en servir un si tu le souhaites. Nous avons du rouge et du blanc.

Elle hésita, puis secoua la tête.

— Non, je ne devrais pas.

— Pourquoi pas ? la questionna-t-il avec curiosité. Ici,

on est en sécurité. Même si tu as trop bu, personne ne profitera de toi. Je devrais peut-être te mettre dans ton lit parce que tu ne serais pas en état d'y aller toute seule, mais quelqu'un veillerait à ce que ce soit fait.

Elle ricana.

— Je ne te ferai pas ce plaisir.

Elle branla du chef.

— Non, mon ex-petit ami était un gros buveur. Je ne suis toujours pas très à l'aise en la présence de ces personnes.

— Prendre un verre le soir, ce n'est pas être un buveur.

Il haussa les épaules et s'enfonça dans le coussin. Dans sa tête, il se demandait à quel point ce type avait été alcoolique. L'avait-il battue ? Rhodes jeta un coup d'œil à Sienna, mais elle n'avait pas montré de peur lorsqu'il avait repoussé ses limites. Et c'était une bonne chose.

D'ailleurs, si Jarrod avait eu le moindre soupçon que l'ex l'avait frappée, il s'en serait immédiatement occupé.

Rhodes s'installa pour regarder le film, heureux qu'elle soit restée avec lui. Elle gémit après quelques scènes d'action et quelques répliques stupides, mais il n'avait pas mis ce long-métrage parce qu'il était intéressé par les conversations éloquentes entre les personnages. C'était exactement ce dont il avait besoin pour s'évader. Et plus ils demeuraient assis ici, plus elle se détendait. Ses jambes finirent par s'allonger à côté de lui, sans le toucher, sans l'éviter non plus. Mais elle était totalement à l'aise, et c'était ce qu'il souhaitait.

À un moment donné, elle leva les pieds et le toucha accidentellement.

— Désolée, marmonna-t-elle.

— Ce n'est pas grave. Le canapé est immense.

Elle étendit alors ses jambes. Comme il n'y avait pas assez de place, il lui souleva les pieds et les posa sur ses genoux.

— Laisse-les ici. Tu seras plus à l'aise.

Sur ce, elle plaça un oreiller sous sa tête et reporta son attention sur le film.

Au moment du générique, il souriait comme un imbécile. Il aimait toujours ces films. Un grand groupe d'hommes à la poursuite de méchants, sauvant au passage la demoiselle en détresse. Tout comme sa vie. Il éteignit la télé et se retourna pour la questionner :

— Qu'est-ce que tu en as pensé ?

Il s'arrêta. Elle s'était endormie. Il secoua la tête. Il ne savait même pas quand elle s'était assoupie.

Il se leva, emporta son verre et son bol vides dans la cuisine, les rinça et les mit dans le lave-vaisselle, puis ressortit en se demandant ce qu'il devait faire d'elle.

Il consulta sa montre. Il était 22 h 30. Il était définitivement l'heure pour elle d'aller se coucher. Il tendit une main douce et la secoua pour essayer de la réveiller. Elle suivit ses mouvements, mais ne se réveilla pas. Il fronça les sourcils et la secoua plus fort. Elle marmonna, tenta de se retourner, mais le canapé ne lui laissait pas de place. Finalement, frustrée, elle s'assoupit de nouveau.

Il ne pensait pas avoir vu quelqu'un dormir de cette façon. Mais il avait une solution facile. Il passa la main sous son corps, la prit dans ses bras, se dirigea tranquillement vers l'ascenseur, appuya sur le bouton et entra. Il sentit ses muscles travailler, mais heureusement, tout semblait aller pour le mieux. Ses blessures initiales lui avaient causé quelques soucis, mais l'année dernière, grâce à un entraînement intensif, il s'était remis en forme.

Au deuxième étage, il se rendit vers sa suite et dut la serrer un peu plus dans ses bras pour ouvrir la porte.

Heureusement, elle ne l'avait pas verrouillée. Il l'écarta

du pied et s'approcha prudemment du lit. Il fronça alors les sourcils, car, bien sûr, il était fait. Il tira les couvertures et les draps, et allongea Sienna. Il enleva rapidement ses chaussures et s'arrêta pour regarder son t-shirt et son jean. S'il la déshabillait, elle serait furieuse. Mais comment pourrait-elle se reposer dans le cas contraire ?

Il décida de se lancer et ôta son jean et son tee-shirt. Il la glissa sous les couvertures, puis plia joliment ses vêtements et les laissa de l'autre côté du lit. À la porte, il éteignit la lumière, jeta un coup d'œil à la belle endormie et murmura :

— Bonne nuit.

Elle ne répondit pas. Elle se contenta de se blottir plus profondément dans les couvertures. Il secoua la tête devant sa capacité à s'endormir si profondément et si rapidement. Il avait lui-même fondé de grands espoirs sur le sommeil. Maintenant, il n'en était plus si sûr. Au lieu d'images de scènes d'action dansant dans sa tête, il voyait un corps parfait se tordre sous le sien.

Lorsqu'il arriva dans sa suite, il envisagea de prendre une autre douche froide.

Chapitre 5

LORSQUE SIENNA SE réveilla le lendemain matin, elle se sentit mal à l'aise et se demanda ce qui lui tirait les côtes. Elle roula sur le dos et se rendit compte qu'elle portait encore son soutien-gorge. Elle lutta pour se souvenir de la nuit dernière, au-delà du film et du fait d'être assise sur le canapé avec Rhodes. Elle rejeta les couvertures et, soulagée de voir qu'elle portait encore une culotte, se dirigea vers la salle de bain, prit une douche rapide, s'habilla avec des vêtements propres et sortit. Elle attrapa son téléphone portable en partant et vérifia l'heure. Il n'était que 7 h 30.

Elle ne serait pas la première à descendre. Elle n'était pas sûre qu'Alfred se soit jamais reposé, car il devait se lever à une heure indue pour préparer les brioches à la cannelle toujours fraîches et les autres douceurs qu'il leur offrait.

Bien sûr, il était là, comme la plupart des hommes.

— Aucun d'entre vous ne dort ? les questionna-t-elle en marmonnant.

Elle se dirigea vers la cafetière et se servit une grande tasse. Puis elle se retourna et s'assit à la table. Elle avait beaucoup dormi, mais son corps signalait qu'il n'avait pas encore fini.

— Qu'est-ce qui est prévu pour aujourd'hui, Levi ? demanda Rhodes.

— Que pense Sienna de l'idée de discuter de tout cela

avec le bureau du procureur de Dallas ?

Elle regarda fixement Levi.

— Moi ? répliqua-t-elle en grinçant. Pourquoi ?

— Parce que tu es capable d'expliquer les codes et les noms que tu as trouvés.

— Ce ne serait pas plus facile de le faire au téléphone ?

Elle n'avait jamais travaillé sur le terrain. Même dans son ancien boulot.

— C'est possible. Mais Rhodes doit vérifier quelques endroits supplémentaires.

Son cœur se serra. En même temps, ses terminaisons nerveuses s'animèrent. Elle s'en allait avec Rhodes ? Ce n'était pas une bonne idée. Surtout si cela signifiait une nuit à l'hôtel. Elle laissa tomber son regard sur sa tasse de café, qu'elle souleva pour boire une gorgée. Dans son esprit, elle pensait que c'était stupide.

— De combien d'heures parlons-nous ?

— Si nous partons maintenant, nous pourrions revenir ce soir, déclara Rhodes calmement. Sinon, nous devrons passer la nuit là-bas. Cela dépend aussi du genre de problèmes que nous rencontrerons.

Elle secoua immédiatement la tête.

— Rappelez-vous que je n'aime pas les ennuis.

Tout le monde à table se mit à rire.

— Facile à dire pour toi, la railla Rhodes. Étant donné que tu es venue ici à cause des problèmes. Mais quand ça arrive, personne n'y est jamais préparé.

Elle n'en avait vraiment pas envie, mais elle ignorait quelle excuse trouver pour se défiler. Elle ne comprenait pas non plus quel était le but recherché.

Ice entra alors et s'assit à la table. Elle considéra Sienna.

— Levi t'a demandé ?

— Si tu veux parler de voir le procureur, oui, il l'a fait. Mais ça n'a aucun sens pour moi.

— Je ne sais pas si tu as appris qu'ils ont trouvé d'autres pages de code, mais ils ne comprennent pas vraiment ce qu'ils regardent. Il doit y avoir une raison pour laquelle ces sections ont été imprimées. Cette fois, il y a des noms.

Sienna secoua immédiatement la tête.

— Ils auront toute une équipe de spécialistes plus aptes que moi à trier cette paperasse.

Levi acquiesça.

— Peut-être devrions-nous préciser qu'ils n'ont confiance en personne. Ils craignent que certains des noms de cette liste sortent de leurs bureaux ou de plus haut dans la hiérarchie.

— Oh !

Ses épaules s'affaissèrent. Ça, elle l'avait compris. C'était logique. La trahison se produisait à tous les niveaux. Et c'était souvent aux échelons supérieurs qu'il était le plus difficile de le prouver. En outre, il fallait souvent faire appel à un cabinet extérieur pour s'en occuper.

Elle considéra les risques, réalisa que Rhodes serait à ses côtés, ce qu'elle voulait désespérément, même si c'était vraiment mauvais pour elle, et acquiesça.

— OK, espérons que nous pourrons être de retour ce soir.

Ice branla immédiatement du chef.

— Cela n'arrivera pas. Ils ont des réunions prévues pour toi aujourd'hui et demain.

Sienna leva son regard pour étudier l'expression de Ice, mais n'y trouva que de la sincérité.

— N'oubliez pas, les gars, que je n'ai jamais eu d'expérience sur le terrain. Cela risque d'être une très mauvaise affaire pour Rhodes.

Ils ricanèrent tous.

— Rhodes est prêt.

Elle jeta un coup d'œil à ce dernier et vit qu'il l'examinait attentivement. Elle ignorait ce qui se passait au fond de son esprit, mais elle avait conscience qu'il y avait quelque chose – un défi et quelque chose de beaucoup plus chaud. Et elle n'avait jamais reculé devant l'un de ces défis.

— Alors, je vais préparer un sac pour la nuit.

Alfred entra, portant un grand plateau de nourriture.

— Tu pourras faire ta valise après le petit-déjeuner. La nourriture est chaude et fraîche. Mange d'abord.

Il déposa les plats devant elle.

En quelques secondes, ils furent tous en train de manger.

Mais elle eut un peu de mal à avaler son repas. Soudain, elle se sentit mal à l'aise. Son ventre lui donnait la nausée. Elle ne se nourrit qu'un peu, mais Alfred le remarqua.

— Je vais vous préparer de la nourriture à emporter.

Il se dirigea vers la cuisine.

— Je ne veux pas être un problème, murmura-t-elle.

Merk en rit.

— Il adore nous materner. Alors, laissons-le faire. Il nous a préparé un énorme panier de victuailles, à Rhodes et à moi, la dernière fois que nous sommes partis.

Elle se leva et remplit sa tasse de café.

— Je serai de retour dans dix minutes.

Elle marcha vers sa suite. C'était la première fois qu'elle avait l'occasion de se détendre après être devenue le centre d'attention là-bas. Elle ne savait pas ce qui se tramait dans l'esprit de Rhodes, mais elle avait peur de ce que cela signifiait. Parce que, si c'était ce qu'elle pensait, elle en avait envie aussi. Était-ce si mal ? Non, mais elle n'était pas prête pour une autre relation et, si cela tournait mal, elle gâcherait son travail parfait ici. Sans compter qu'elle devrait trouver un nouvel endroit où vivre. Non, il était trop tôt pour prendre ce risque. Elle se plaisait ici et ne voulait pas que quelque chose vienne saboter cela.

Dans sa chambre, elle sortit son sac et prépara rapidement quelques vêtements. Elle réalisa que même si elle était ici depuis près d'un mois, elle n'avait pas du tout augmenté ses possessions matérielles. Elle n'avait pas plus d'habits. Elle avait les mêmes jeans et sous-vêtements, et elle n'avait pas fait de lessive non plus. Maintenant, elle n'avait plus le temps pour ça. Rien ne servait de s'agiter. Ce qu'elle avait devait suffire.

Résolue, elle se retourna, inspecta sa suite et éprouva un étrange sentiment d'adieu. Bien qu'elle ait déjà quitté l'enceinte pour y revenir, elle ressentait cette fois un certain détachement. Et elle n'aimait pas ça. Elle avait trouvé un foyer ici, elle s'était fait une place. Elle souhaitait la conserver. Mais les temps changeaient, c'était évident.

Elle éteignit la lumière à la porte de la chambre et descendit les escaliers, puis tomba sur Ice dans le garage.

— Je n'ai pas beaucoup de vêtements à emporter avec moi, avoua-t-elle. Même quand j'étais partie, je n'ai pas pris la peine de faire du shopping pour en acheter d'autres. Ce sentiment de n'avoir que ce que je suis capable d'emporter s'appliquait à l'époque, et je n'arrive pas à m'en débarrasser, même aujourd'hui.

Ice lui tapota l'épaule.

— Dallas compte beaucoup de centres commerciaux. C'est la Mecque du shopping. Tu peux courir dans un magasin pour récupérer ce dont tu as besoin.

— C'est très bien tant que les jeans ne posent pas de

problème, dit Sienna. Si vous attendez de moi que je porte une sorte de tenue professionnelle pour cette affaire, nous devons d'abord faire les boutiques.

Rhodes entra dans la cuisine. Il portait un jean et une chemise de la même couleur que la sienne.

Elle sourit.

— D'accord, nous sommes peut-être assortis.

— Absolument, confirma-t-il en prenant son sac, puis en faisant signe vers le véhicule. Nous prenons le même pick-up que la dernière fois.

Il jeta son sac derrière le siège, se retourna pour accepter un panier de friandises de la part d'Alfred et annonça :

— Allez, on y va.

— Non, j'ai d'abord besoin d'un café, dit-elle. Je vais prendre un thermos.

En se dirigeant vers la cafetière, elle s'aperçut qu'Alfred y avait déposé deux grandes tasses et un thermos. Elle pivota et le trouva juste derrière elle. Elle lui passa les bras autour du cou, l'étreignit et l'embrassa sur la joue.

— Merci, Alfred. Tu es le meilleur.

Elle attrapa le café et s'enfuit.

RHODES ATTENDIT QU'ELLE entre dans la voiture et place les tasses dans les porte-gobelets. Comme elle ne mettait pas immédiatement sa ceinture de sécurité, il lui intima :

— Attache ta ceinture.

Elle lui jeta un regard, mais s'exécuta.

Lorsqu'ils furent enfin sortis de l'enceinte, se dirigeant vers la route principale, il se tourna vers elle.

— Tu es sûre que ça ne te dérange pas ?

Elle souffla à côté de lui.

C'était comme un mi-ronflement, mi-reniflement, et cela le fit sourire.

— Je prends ça pour un si.

Elle ne répondit que par le silence. Il haussa les épaules. Peu importe. Ils avaient encore un long chemin à parcourir. Ce serait plus facile s'ils s'entendaient pendant ce voyage, mais si ce n'était pas le cas, eh bien, c'était un pro. Il s'en sortirait quoi qu'il en soit.

Au bout de quelques minutes, elle s'orienta vers lui.

— C'est toi qui as organisé ça ?

Il se tourna, étonné.

— Bien sûr que non.

D'une petite voix, elle souffla :

— Oh !

— J'ai mieux à faire de mon temps que de prendre des douches froides le soir, dit-il simplement.

Il rit. Il pouvait sentir son regard choqué, mais il ne voulait pas s'étendre sur le sujet. Pas après leur conversation d'hier soir.

Il roula sans interruption pendant plusieurs heures. Lorsqu'ils arrivèrent à une station-service, il s'y arrêta et fit le plein. Elle sortit et nettoya les essuie-glaces, ce qui le surprit.

Lorsqu'il eut terminé, elle s'approcha de lui.

— Tu veux que je conduise un peu ?

— Non, c'est bon. Si tu as envie de plus de café ou d'autre chose, tu peux prendre ce que tu souhaites à l'intérieur.

Elle secoua la tête.

— Non, Alfred a préparé beaucoup de café. J'ai besoin d'aller aux toilettes maintenant. Qui sait quand nous ferons une autre pause ?

Il paya l'essence, prit le reçu, l'empocha et sauta dans le

pick-up pour l'attendre. Il ouvrit le panier et saisit des sandwichs d'Alfred. Elle avait raison. Quand s'arrêteraient-ils de nouveau ? En attendant, il dévora un sandwich et s'affairait sur le second lorsqu'elle revint.

Elle jeta un coup d'œil, haussa les sourcils et demanda :

— Tu m'en laisses ?

Il lui montra le panier.

— Sers-toi.

Ils mangèrent tous les deux pendant qu'il reprenait la route et continuait à avancer. Il consulta sa montre.

— Nous devrions être à la limite de la ville de Dallas dans vingt minutes.

— Très bien. Je ne comprends toujours pas pourquoi je devais venir.

— Bien sûr que si.

Il lui lança un coup d'œil.

— D'ailleurs, Levi est probablement en train de vérifier comment tu te comportes. As-tu peur d'être impliquée dans quelque chose comme tu l'étais avant, ou es-tu vraiment contre le travail de terrain ?

Elle réfléchit un long moment à la question.

— Je ne sais pas ce qu'il en est. Je crois que je pensais avoir fermé ce chapitre de ma vie et m'en être éloignée. Je ne m'attendais pas vraiment à le rouvrir, pas dans ces circonstances.

— C'est juste.

Il mit son clignotant, changea de voie et s'arrêta sur la bretelle de sortie.

— Nous ne rencontrons pas souvent ce genre de problèmes.

— S'il s'agit de traquer de l'argent, ce sera forcément le cas.

— C'est vrai. Levi s'en occupe souvent, et Harrison est un as de l'informatique, tout comme toi. J'effectue également souvent ce genre de boulot. Mais aucun d'entre nous n'a le même niveau de compétence que toi. Peut-être que si tu nous formais, nous n'aurions pas besoin de toi pour le faire.

— Le codage n'est pas quelque chose que l'on apprend comme ça, argua-t-elle à voix basse. Pas à ce niveau. De plus, je ne connais pas beaucoup de langages. Je me suis spécialisée dans les logiciels bancaires. C'est tout.

Elle sembla s'éclaircir après cela. Il se demanda si elle lui avait raconté tout ce qui s'était passé. Quelqu'un était-il vraiment au courant de toute l'histoire ? Ou bien avait-elle gardé pour elle certains des détails les plus sombres ? Cela le ramenait à cet ex-petit ami qui avait bu de l'alcool. À l'origine, il n'avait pas remis en question ce scénario. Mais maintenant qu'il observait sa réaction, il commençait à se poser des questions.

Mais il garda ses inquiétudes pour lui.

Il trouva l'adresse de l'endroit où ils se rendaient et l'entra dans le GPS. Il aurait pu s'en occuper depuis longtemps, mais maintenant qu'ils se dirigeaient vers la ville, il aurait une meilleure lecture. Il suivit les instructions jusqu'au bureau du procureur et se gara dans le parking adjacent. Il coupa le moteur et se tourna vers elle.

— Tu es prête ?

— Aussi prête que je ne le serai jamais.

Et sur ce, elle ouvrit la portière du pick-up et sortit.

Chapitre 6

ELLE PRIT UNE profonde inspiration et suivit Rhodes dans le grand bâtiment gouvernemental. Pour une raison ou pour une autre, elle s'attendait à ce que le procureur ait un bureau dans un endroit beaucoup plus petit et plus privé. Elle ignorait si c'était normal ou si c'était seulement pour ce jour-là. Rhodes semblait au moins savoir où il se trouvait.

Dans le bureau du procureur, ils s'assirent à une table dans une petite salle de conférence, et attendirent le début de la réunion. Quelques minutes plus tard, un homme de grande taille et d'apparence très maigre entra. Il semblait avoir une cinquantaine d'années et affichait un air froid lorsqu'il s'approcha d'eux. Il leur serra la main et se présenta.

— Je suis le procureur Robert Forrest.

Il hocha la tête tandis qu'un deuxième homme les rejoignait.

— Voici Bobby. Il vous assistera pour tout ce dont vous avez besoin. Il va chercher la boîte que nous avons collectée.

Comme leurs deux prénoms étaient similaires – l'un n'était qu'une version abrégée de l'autre –, elle craignait de les confondre, et sa nervosité prit le dessus. Même la présence de Rhodes ne l'aidait pas beaucoup.

Robert se mit immédiatement au travail. Il sortit les feuilles qui lui avaient été transmises. Elle reconnut son écriture sur l'une d'entre elles.

— J'ai cru comprendre que vous connaissiez ces deux hommes.

Robert montra les photos d'identité des cousins.

Rhodes acquiesça.

— Oui, c'est eux.

— Bien. Et vous ?

Il se tourna vers Sienna.

— C'est vous qui avez tiré les noms de cette série de pages de calcul, c'est bien ça ?

— En suivant le modèle que j'ai repéré dans le code du logiciel, les banques ont arrêté l'employé qui avait piraté leur système. Ces feuilles ont été trouvées en sa possession, répondit-elle. Ce sont les noms que le code a permis de décrypter.

Elle prit soin de préciser qu'elle n'y avait pas contribué. Mais en même temps, Robert n'avait pas l'air d'être intéressé par le fait d'attribuer des responsabilités ou de donner du crédit.

Une fois de plus, il acquiesça. Il ouvrit sa mallette et en sortit plusieurs pages de calcul.

— Ayant déjà vu cela, vous pourriez peut-être y dénicher plus d'informations ?

Elle les tira vers elle et regarda la première. Elle parcourut rapidement les sept feuilles.

— Elles ont l'air d'être similaires, oui.

— Voyez-vous d'autres noms ?

Elle fronça les sourcils.

— Potentiellement. S'ils se déchiffrent de la même manière que les précédents, alors oui, ce sera facile.

Elle voulait dire qu'il serait facile de s'en occuper sans elle, mais elle s'en abstint. Elle jeta un coup d'œil à sa mallette et demanda :

— Y a-t-il un bloc-notes et un stylo que je pourrais utiliser ?

Instantanément, les deux objets apparurent devant elle. Elle prit le stylo, s'empara de la première feuille de calcul et, très rapidement, dressa la liste. Elle reprit la feuille de calcul en notant les répétitions dans les lignes. À la quatrième page, elle trouva un nouveau nom. Elle le nota, et son système continua ; bientôt, elle les avait tous inscrits sur la feuille de papier devant elle. Elle tourna celle-ci et la montra à Robert pour qu'il soit en mesure de lire les noms.

Il regarda fixement, et une partie de la couleur de son visage disparut.

Elle jeta un coup d'œil à Rhodes. Avait-il remarqué sa nervosité ? Elle espérait que non. Une fois de plus, elle n'avait pas d'explication à ses sentiments. Il lui tendit la main, saisit ses doigts et les serra de manière rassurante. Elle se détendit un peu et le questionna :

— C'est ce que vous attendiez ?

Le procureur s'assit lourdement dans le fauteuil.

— Non. C'est pire que ça. Certains d'entre eux sont très haut placés dans la ville.

— Mais il n'y a aucune preuve qu'ils aient commis quoi que ce soit. C'est le problème, dit-elle à voix basse. Sans suivre ces comptes et les banques qui ont été piratées, il n'y a aucun moyen de voir où ils mènent et ce qui a été fait sous les noms de ces personnes. Pour autant que nous le sachions, il est possible que leurs identités aient été volées et qu'ils ne soient pas du tout en cause.

Robert considéra Rhodes et déclara :

— J'en ai parlé à Levi. Je crois qu'un de vos hommes, Bullard, est impliqué dans le domaine bancaire. Cette affaire est manifestement mondiale. Je suis moins préoccupé par le piratage que par les trafics de drogue et d'armes dans ma ville. Mais il est évident que nous examinerons tout cela.

La porte s'ouvrit, et Bobby entra en portant une boîte de dossiers. Il la posa à côté du procureur et s'assit au fond de la salle sans prononcer un mot.

La pause tombait bien en ce qui la concernait, étant donné la position du procureur sur le fait que sa ville devait être propre. Elle gardait son opinion pour elle, mais ne pouvait s'empêcher de penser que personne ne voulait de ces ordures dans son quartier. Mais il n'était pas prudent d'ouvrir cette discussion.

— Ce que vous voulez vraiment dire, c'est que nous ne pouvons pas en avoir du tout, corrigea Rhodes. Peu importe que ce soit dans les municipalités ou ailleurs, cela finira par s'infiltrer dans les villes.

Distrait, le procureur acquiesça :

— Oui, bien sûr.

Il se tourna de nouveau vers Sienna.

— De quoi avez-vous besoin pour obtenir des preuves ?

— Je ne sais pas trop. Je suis programmeuse. Mais sans accès aux banques en question, je n'ai que les feuilles de calcul pour avancer.

Elle fit signe à Rhodes.

— Il sera plus utile à ce stade. Ou l'équipe de Levi à la maison.

— Comme je l'ai dit plus tôt, certains de ces noms sont très en vue.

Il pivota vers Rhodes.

— Nous sommes en mesure de vous tenir à l'écart de cette affaire et des tribunaux si nous avons des preuves physiques. Mais si la méthodologie utilisée pour obtenir ces informations devait être remise en question, vous pourriez être amenée à témoigner.

Elle s'affaissa sur sa chaise et secoua la tête.

— Ma réputation ne résistera pas au tribunal.

Le silence envahit la pièce. Son regard se rétrécit, et il la regarda.

— Qu'est-ce que cela signifie au juste ?

Elle jeta un coup d'œil à Rhodes et haussa les épaules. Pendant qu'elle écoutait, Rhodes expliqua brièvement son histoire au procureur.

— Le résultat final est que son nom a été bafoué.

Le procureur tapota la feuille de papier devant eux, puis la boîte, et réfléchit à la question.

— Je suppose qu'il faut trouver des faits concrets, pour que ce ne soit pas votre parole contre la leur.

— La plupart de ces gens n'ont pas grand-chose d'enregistré à leur nom, déclara-t-elle. S'ils travaillent dans le secteur de la banque d'investissement, s'ils ont des comptes offshore ou quoi que ce soit d'autre, nous les trouverons avec suffisamment de temps. Toutefois, ce sont généralement des sociétés qui sont impliquées, et non une personne physique. Les sociétés-écrans ont des comptes trafiqués pour cacher les profits qui sont transférés. Elles n'indiqueraient nulle part qu'elles vendent des armes, à moins d'avoir une licence légale pour ça.

— Il semble que vous êtes la personne dont j'ai besoin en ce moment, affirma le procureur. Vous êtes spécialisée dans la sécurité bancaire, ce qui signifie que vous comprenez l'argent.

Le procureur pointa un nom sur la liste.

— Trouvez tout ce que vous pouvez sur cet homme.

Elle baissa les yeux sur le nom. J. R. Wilson. Elle fronça

les sourcils.

— Wilson est un nom très courant.

— Il possède et dirige également une entreprise, une grande organisation caritative pour les camps de réfugiés au Moyen-Orient.

Elle releva lentement le regard et compléta :

— Ce qui est parfait pour le trafic d'armes.

— Exactement.

Il lui adressa un signe de tête silencieux.

— Il a aussi des sièges à Dallas et au Ghana. C'est le lien avec les banques africaines.

Elle considéra Rhodes.

— J'ignore combien de temps nous sommes censés rester ici, mais je suis disposée à commencer dès maintenant.

— Ayant anticipé le fait que vous seriez prête à rester ici et à commencer immédiatement, j'ai un ordinateur portable tout neuf. Chacun de vos pas sera suivi.

Il tapota la boîte à côté de lui.

— Et ceci contient tout ce que nous avons sur l'entreprise.

Ses yeux passèrent de la caisse à l'ordinateur portable, et elle opina du chef.

— C'est le meilleur moyen.

Tous les regards étaient braqués sur elle, mais elle hésitait encore.

Rhodes murmura :

— Tu n'es pas obligée.

Elle lui jeta un coup d'œil voilé, prit une grande inspiration et ouvrit l'ordinateur portable.

— Comment pourrais-je ne pas le faire ?

RHODES L'OBSERVA. ELLE s'était mise dans une position délicate à laquelle elle n'était pas préparée. Il comprenait que le procureur voulait obtenir autant d'informations que possible de sa part – étant donné que tous les noms de sa liste décodée se trouvaient dans ce bureau – et qu'utiliser ces personnes dans cette enquête poserait encore plus de problèmes.

Bobby se leva et se dirigea vers le service à café qui se trouvait sur le buffet.

— Puis-je offrir un café à quelqu'un ?

— Oui, s'il vous plaît, répondit Rhodes pour eux deux.

Bobby se tourna vers Robert.

— Voulez-vous une tasse ?

Le procureur secoua la tête, puis son regard se posa sur Sienna. Rhodes n'était pas sûr d'aimer cela non plus. Elle avait été assez éprouvée par le boulot qu'elle avait effectué. Elle était venue ici pour travailler pour Levi avec des attentes complètement différentes, et elle avait parfaitement le droit d'éviter les mêmes eaux troubles qu'elle avait traversées auparavant. Pourtant, elle avait accepté. Elle s'était montrée à la hauteur lorsque le besoin s'en était fait sentir.

D'un autre côté, elle était douée, elle avait quelque chose dont tout le monde avait besoin, donc il était difficile de ne pas utiliser ses compétences.

— Je ne serai pas loin s'il vous faut autre chose, déclara Bobby avant de partir.

Deux heures plus tard, alors que le procureur travaillait sur ses dossiers avec eux, elle demanda :

— Avez-vous une imprimante ?

Rhodes, qui triait le contenu de la boîte, lui jeta un coup d'œil. Elle était un peu pâle. Mais elle n'avait pas mangé non plus. Son petit-déjeuner avait été constitué par le contenu du panier d'Alfred. Ou bien son expression signifiait-elle quelque chose de plus ?

Il tenait à la main un registre à reliure rigide. Il l'ouvrit pour y trouver ce qui ressemblait à des comptes ordinaires. Ce qui était intéressant, c'est qu'il s'agissait d'une copie papier. Tout le monde ne fait-il pas de la comptabilité numérique de nos jours ? Pourtant, ce n'était pas illégal. À moins qu'ils ne tiennent une deuxième comptabilité. Il la remit dans la caisse.

Robert releva la tête et la considéra avec surprise.

— Je suppose que l'ordinateur portable n'est pas connecté à l'imprimante, alors envoyez-moi un courriel, et je l'imprimerai.

Elle hésita, et Rhodes comprit pourquoi.

— Robert, avez-vous une petite imprimante qu'elle pourrait brancher ici ? demanda-t-il. Pour que tout soit bien séparé.

Robert se leva et annonça :

— Je vais voir.

Il sonna pour que quelqu'un vienne l'aider, mais après cinq minutes sans réponse, il se leva et sortit de la salle de conférence, laissant Rhodes et Sienna seuls.

Rhodes plaça une tasse de café devant elle. Elle sursauta un instant, puis l'accepta avec reconnaissance. Elle la saisit et serra le contenant chaud contre elle.

Inquiet, il s'enquit d'elle :

— Tu vas bien ?

Elle prit une grande inspiration et hocha la tête. Mais elle ne dit rien. Lorsqu'il vit ses jointures blanches presser la tasse, il comprit que quelque chose n'allait pas du tout.

— Peux-tu m'en parler ?

Il balaya la pièce des yeux et réalisa qu'il était tout à fait possible qu'elle soit sur écoute. Elle ne devrait pas l'être, mais on les avait conduits dans celle-ci en particulier. Même s'ils n'avaient pas été laissés seuls jusqu'à ce qu'il requière une imprimante, cela ne signifiait pas que tout ce qu'ils racontaient n'était pas enregistré. Il pouvait lui envoyer un message pour lui demander ce qui n'allait pas, mais si quelqu'un les voyait faire, leurs téléphones risqueraient d'être confisqués avant qu'ils ne partent.

Se sentant protecteur, il prit une décision soudaine et suggéra :

— Retournons à l'hôtel. Tu pourras y travailler si tu te sens d'attaque. Mais vraiment, tu as l'air de vouloir t'allonger.

Il étudia son visage, et, en effet, elle paraissait malade. Sa peau était blanche et son front humide, comme si elle avait de la fièvre. Il fronça les sourcils, se dirigea vers la porte et l'ouvrit. Alors qu'il pénétrait dans le couloir extérieur, le procureur s'approcha, accompagné de Bobby qui portait une petite imprimante. Rhodes expliqua rapidement le problème, en faisant un signe vers elle.

Robert plissa les yeux.

— Eh bien, je suppose que vous ne pouviez pas rester ici plus longtemps de toute façon. Le bureau va bientôt fermer. Mais j'ai pensé que nous serions peut-être en mesure de continuer à travailler jusqu'au soir.

— Nous avons réservé une chambre pour la nuit, déclara Rhodes. Laissez-moi la ramener pour qu'elle puisse s'allonger. Elle a peut-être besoin d'un peu d'air frais. Elle n'a pas non plus mangé depuis le matin. Si elle se sent mieux, nous reviendrons.

Le procureur hésita et jeta un coup d'œil à Bobby, qui haussa les épaules. Il se retourna vers Rhodes et dit :

— Prenez l'ordinateur portable et la boîte. Si elle a envie de travailler, elle le pourra de là-bas.

C'était la meilleure nouvelle qu'il ait jamais entendue. Ne laissant à personne la possibilité d'argumenter, il désigna l'imprimante et déclara :

— Les raisons pour lesquelles elle en a besoin sont toujours valables. Avons-nous le droit de l'emporter aussi ?

Sans un mot, Bobby la lui tendit.

Rhodes avait les bras chargés. Il plaça l'ordinateur portable à l'intérieur de la boîte et posa l'imprimante par-dessus. Tout cela sous un bras, il attrapa délicatement le coude de Sienna et la souleva pour la mettre debout.

— Allez, viens. Allons dans la chambre pour que tu puisses t'allonger.

Elle adressa un demi-sourire aux deux hommes et murmura :

— Désolée.

— Ne le sois pas, dit Rhodes. Je ne m'attendais pas à ce que nous soyons dans le bureau aussi longtemps. Si j'avais su, nous nous serions arrêtés pour déjeuner.

Alors qu'ils sortaient et se dirigeaient vers l'ascenseur, il ne savait pas si elle jouait la comédie ou si elle était vraiment souffrante, mais ses pas devenaient de plus en plus faibles. Lorsqu'ils arrivèrent à l'ascenseur, il la soutenait à moitié, et il était vraiment inquiet désormais.

La cabine était presque pleine. Il les fit entrer tous les deux et descendre au rez-de-chaussée. Dehors, ignorant toujours si elle était physiquement malade ou non, il la conduisit jusqu'au pick-up et l'installa rapidement dedans, où elle s'attacha. De son côté, il posa la boîte sur la banquette arrière et monta à bord. Il se demanda si quelque chose avait été placé à l'intérieur du véhicule pour les surveiller.

Il se rendit compte que quelqu'un avait pu installer un traceur sur leurs vêtements. Il ne savait que trop bien à quel point certaines personnes étaient douées pour les tours de passe-passe. Il était également tout à fait possible que l'ordinateur portable contienne quelque chose qu'elle n'avait pas partagé. Levi avait déjà réservé la suite de l'hôtel pour eux. Pendant que Rhodes conduisait, il envisageait les différentes options.

La première était de la mettre en sécurité à l'intérieur. Il la fit entrer rapidement dans la chambre d'hôtel et s'allonger sur le lit. Il effectua plusieurs allers-retours entre celle-ci et le pick-up pour prendre leurs sacs de voyage et la caisse qui contenait l'ordinateur portable et l'imprimante. Lors de sa dernière navette, il récupéra le panier de nourriture, les appareils électroniques de l'enceinte et le coffret du tableau de bord où il avait rangé ses armes – interdites dans le bâtiment du procureur. Dans la chambre, il alluma le détecteur pour voir si des mouchards s'y trouvaient. Il effectua un balayage complet, puis revint à l'ordinateur portable. Instantanément, ce dernier fit vibrer le détecteur. Il le regarda avec stupeur.

Elle le poussa du pied et dit :

— Exactement.

Il porta un doigt à ses lèvres, tira son téléphone de sa poche et sortit de la chambre d'hôtel. N'étant toujours pas satisfait de la distance, il se dirigea vers le parking où se trouvait son pick-up. Il y resta et appela Levi. Il lui expliqua rapidement ce qui se passait.

— Quoi ? L'ordinateur portable était sur écoute ? Celui que le procureur t'a donné ? Tu es sûr que ce n'était pas uniquement le fait que le document était suivi ?

— Non. Elle a remarqué quelque chose. Elle est immédiatement tombée malade ou l'a feint. Nous sommes à l'hôtel maintenant, et le nouveau dispositif de test que Bullard nous a envoyé m'indique que l'ordinateur portable est surveillé. Ils savent où nous nous trouvons. Cela ne change rien au fait qu'il lui en faut un pour travailler.

— Tu as apporté le tien ?

— J'ai celui du pick-up.

— Vois si elle est en mesure de l'utiliser. Elle peut se connecter au serveur principal ici. Nous devons aller au fond des choses et vite.

Levi raccrocha, laissant Rhodes fixer le véhicule vide. Il avait emporté l'ordinateur portable de la société dans la chambre d'hôtel avec les autres affaires. Il y retourna, récupéra celui du bureau du procureur, le ramena dans le pick-up et le plaça derrière le siège du conducteur. De retour dans la chambre, il vérifia de nouveau la présence d'autres mouchards. Cette fois, il n'y avait rien à signaler.

Posant le kit de test, il déclara :

— D'accord. Maintenant, nous pouvons parler.

Il s'assit doucement sur le lit et se pencha à côté d'elle en la regardant de haut.

— Tout d'abord, es-tu vraiment malade ? Ou est-ce que ce n'est qu'un faux-semblant ?

— Les deux, répondit-elle. Quand j'ai réalisé que l'ordinateur portable enregistrait nos voix, j'ai compris que j'étais de nouveau dans la même situation qu'avant. Et c'est là que je me suis sentie mal.

— C'est vrai. Levi dit d'utiliser mon ordinateur portable pour effectuer tout le travail dont tu as besoin. Le leur est enfermé dans le véhicule.

Elle poussa un soupir, se frotta les yeux et changea de position pour se caler contre la tête de lit.

— Qu'as-tu trouvé d'autre ?

— Encore les initiales R.F.

Il l'étudia pendant qu'elle essayait de comprendre qui était R.F.

— Le nom du procureur comporte ces deux lettres.

— Ah, bon sang.

Ce n'était pas bon signe.

— Exactement. Soit il veut cette information pour l'enterrer ou pour déterminer comment mieux couvrir ses traces, soit il y a un R.F. complètement différent.

Rhodes attrapa son ordinateur portable, l'ouvrit et le posa doucement sur ses genoux.

— L'une des règles fondamentales de ce genre de boulot est qu'il n'y a qu'une seule façon de savoir jusqu'où un scénario est susceptible d'aller. Il faut continuer à creuser la surface pour trouver la viande en dessous. Ce n'est pas parce que R.F. est là que c'est le nom du procureur qui est mentionné.

— Trois noms ont été décodés. Ou plutôt trois séries d'initiales, parce que trois de ces modèles n'étaient que des comptes numérotés, auxquels nous ne pouvons pas accéder facilement pour identifier les noms correspondants. Et nous avons aussi les initiales R.F.

Il acquiesça.

— Nous partons du principe que le procureur est un bon gars. Mais nous ne prendrons aucun risque, et nous garderons toujours à l'esprit que si nous mettons au jour une preuve du contraire, ce sera une tout autre histoire.

— Alors, qu'est-ce qu'on fait ? C'est le procureur.

— C'est facile. On passe au-dessus de lui.

— Et si, au-dessus de lui, il y a aussi des corrompus ? demanda-t-elle, la voix amère. C'est ce qui m'est arrivé. Et quand le soufflé est retombé, ils m'ont tout mis sur le dos.

— Je ne laisserai pas cela se produire. Tu ne seras pas trop impliquée. On t'a demandé de venir et d'aider, c'est tout.

— En théorie, je comprends. Mais mon cœur me dit toujours de me tirer et de courir dans la direction opposée.

— Tu pourrais considérer cela comme une opportunité de laisser tout cela derrière toi. Parce que dès que tu t'avances et que tu l'affrontes, cela t'aide à reprendre le contrôle de ta vie, à ne plus être une victime impuissante, à avoir le pouvoir de changer les choses. C'est toi qui as le pouvoir de changer les choses.

Elle le fixa avec de la peur dans les yeux.

Il la prit dans ses bras.

— Calme-toi.

— Ce n'est pas si facile… commença-t-elle.

Il se contenta de la serrer contre lui, et sentit ses tremblements intérieurs, même si elle s'efforçait de les cacher. Si forte, et pourtant si fragile.

— Bien sûr que non. Tu t'es fait avoir la dernière fois. Ce n'est pas la même chose ici. Mais tu as la possibilité de mettre en prison certaines des personnes qui agissent ainsi depuis longtemps. Et peut-être que tu ne trouveras rien. Tu ne le sauras pas tant que tu n'auras pas commencé à chercher.

— Il veut que j'examine les livres de la société, mais…

Elle tendit la main et souleva le même grand livre qu'il avait consulté dans le bureau.

— Les déchirures des pages manquantes ressemblent étrangement aux bords déchiquetés des feuilles scannées que Bullard nous a envoyées.

— Que veux-tu dire ?

— Je sous-entends que le procureur ne m'a pas donné les renseignements dont j'avais besoin, mais j'ignore s'il s'agit d'un oubli ou d'une décision délibérée. Il devrait y avoir toutes sortes d'informations en ligne et sur papier pour étayer cela et le programme de comptabilité qu'ils ont utilisé sur l'ordinateur portable, mais le seul élément chargé ici, ce sont les livres de la société.

— Nous devons faire confiance à quelqu'un.

Il ouvrit son téléphone et appela rapidement Robert.

— Elle explique qu'il lui manque beaucoup de données. Elle n'est donc pas en mesure de vérifier le code pour déterminer ce qu'il pourrait y avoir. Vous êtes sûr que tout est là ?

— A-t-elle contrôlé la boîte ? La réponse est oui. Tout est là, ou devrait l'être.

Il y eut une pause dans sa voix.

— Comment ça, tout n'est pas là ? J'ai demandé à notre département de regarder. Je vais voir avec eux s'ils ont encore quelque chose.

La voix du procureur sembla étouffée.

— Je m'y rends en ce moment même. Je vous rappelle dans dix minutes.

Fixant son téléphone en se demandant s'il devait prévenir Levi, Rhodes déclara :

— Plusieurs autres personnes ont obtenu l'information en premier. Il est allé vérifier s'ils ont encore du matériel. Il pensait que tout était contenu dans la caisse et l'ordinateur portable.

Elle tapota la boîte et lança :

— C'est loin d'être ce à quoi je m'attendais.

Son téléphone sonna presque immédiatement.

— Mes hommes ont affirmé qu'ils avaient tout mis dans

la caisse. Cependant, ils ont tout numérisé au préalable, donc nous avons des copies.

— Envoyez-nous une copie numérique via Levi. Nous serons en mesure de la comparer avec ce qu'il y a dans la boîte.

Sa voix devint plus grave lorsqu'il ajouta :

— Vous pourriez envisager que quelqu'un dans votre bureau ait soigneusement enlevé quelques objets.

— Ce serait sûrement trop évident. C'est John qui a tout scanné. Je l'envoie maintenant.

Et pour la deuxième fois, le procureur lui raccrocha au nez.

Le courriel arriva quelques instants plus tard, acheminé via Ice. Rhodes fit apparaître le registre numérisé par le procureur et passa au verso. Il manquait les mêmes pages. Il jeta un coup d'œil à Sienna.

— Il y a des pages manquantes. Il est donc fort possible que celles scannées que Bullard t'a envoyées appartiennent à ce registre.

— La question est donc de savoir comment ces pages se sont retrouvées au Ghana et dans le registre à Dallas.

Ils se sourirent l'un à l'autre.

— J. R. Wilson, déclarèrent-ils en même temps.

— C'est une excellente preuve de son implication.

— Ou de celle de quelqu'un qui travaille pour lui, corrigea-t-elle. Les types comme lui sont insaisissables. S'ils ont la possibilité de faire porter le chapeau à quelqu'un d'autre, ils ne s'en privent pas.

— Comme tu le sais déjà, compléta Rhodes à voix basse.

Chapitre 7

— COMME JE le sais déjà, répéta Sienna. Oui, je pensais connaître mes collègues. Mais ils m'ont trompée.

Elle secoua la tête.

— Qu'est-ce qu'il y a à manger ?

Elle leva une main et se frotta la tempe.

— Je me sens mieux. Je ne sais pas si c'est l'air conditionné ou ce foutu café, mais j'avais la nausée.

— On peut commander sur place ou aller au restaurant de l'hôtel.

Sienna jeta un coup d'œil à la paperasse et à l'ordinateur portable.

— Je ne suis pas très à l'aise à l'idée de laisser ce matériel ici sans nous. Donc livraison ou service d'étage.

Il l'étudia pendant un long moment.

— J'ai vu un petit restaurant italien au coin de la rue quand nous sommes arrivés. Tu serais d'accord pour que je te laisse le temps de prendre deux dîners ?

— Ce serait parfait, acquiesça-t-elle en souriant. Et j'aime vraiment l'italien.

— Je pense que tu aimes la nourriture sous toutes ses formes.

Il se leva, se tourna vers elle et lui dit :

— Ne laisse personne entrer. Et ne réponds pas au téléphone de l'hôtel.

Sur ce, il commença à partir, puis s'arrêta sur le seuil de la porte, pivota et revint sur ses pas. Il se pencha sur elle et l'embrassa longuement. En relevant la tête, il murmura d'une voix sombre :

— Sois prudente.

Lorsqu'elle réussit à respirer de nouveau, il avait disparu.

Elle s'adossa à la tête de lit, reconnaissante d'être seule pour reprendre son souffle. Il embrassait très bien. Et il se souciait d'elle. Elle sourit, sachant qu'indépendamment de cette opération ou de toute autre à venir, elle avait eu raison d'accepter l'offre de Levi.

Compte tenu de son estomac qui grondait, elle était également reconnaissante du fait qu'un repas arrive, mais elle était un peu plus préoccupée par le manque d'informations. Tout était réuni pour que quelqu'un lui fasse porter le chapeau. Encore une fois. Ce qu'elle avait, c'était une série de livres. Et un grand livre dont certaines pages manquaient. Tout ce à quoi cela contribuait, c'était à la rendre suspecte. Elle n'était pas comptable à proprement parler. Elle était programmeuse. Elle ouvrit l'ordinateur portable et regarda de nouveau les comptes de la société. Il s'agissait des trois dernières années. Cela prendrait du temps de passer en revue les multiples entrées, aussi choisit-elle un endroit pour commencer. Elle remonta jusqu'à l'été précédent, parcourut les lignes, et y trouva beaucoup de papeterie et de fournitures, de la nourriture, des chaussures et des vêtements.

Puis il y eut une œuvre de charité. On lui demandait d'acheter les produits ou elle les fournissait ? Il lui fallut un certain temps pour comprendre le schéma, puis elle se rendit à l'évidence. Beaucoup trop de chaussures étaient destinées à l'Afrique. Elle surligna rapidement toutes les entrées.

Et toutes celles qui étaient répertoriées en tant que vêtements. Les chiffres étaient astronomiques. À moins qu'ils n'habillent des milliers de personnes dans un refuge ou un village, elle ne comprenait pas comment ces montants pouvaient être aussi élevés. Ils étaient classés dans les dépenses, ce qui n'avait pas beaucoup de sens pour elle non plus, car l'entreprise était déficitaire. Il y avait des moyens moins coûteux d'acheter ce genre d'articles, elle en était sûre.

Alors qu'elle cherchait les frais d'expédition et/ou de manutention, une preuve que ces produits avaient bien été envoyés à l'étranger pour aider quelqu'un, elle se fit peu à peu une idée de l'entreprise. Elle ouvrit une page web pour se renseigner rapidement sur celle-ci et se rendit compte qu'elle creusait des puits, créait des écoles et fournissait des vêtements aux villageois. Ils étaient fiers d'avoir installé l'eau courante dans quatre villages différents jusqu'à présent.

Tout était logique, sauf les chaussures. Chaque fois qu'elle voyait une photo de quelqu'un dans ces villages, il était pieds nus. D'un autre côté, la plupart des gens n'auraient même pas sourcillé s'ils avaient envoyé des chaussures parce que, bien sûr, elles allaient de pair avec les vêtements — mais seulement dans le mode de pensée occidental. En Afrique, beaucoup de gens ne portaient pas de chaussures par choix.

Sur une feuille de papier, elle prit rapidement quelques notes. Le procureur serait facilement en mesure de demander des réponses à certaines de ces questions. En parcourant les mois, elle constata que la plupart des articles avaient été expédiés dans les quatre villages. C'était très bien, mais elle ne comprenait pas d'où venait l'argent. Tous ces dons caritatifs provenaient de l'étranger, et la plupart d'entre eux étaient codifiés. Des numéros de facture avec une seule lettre derrière.

Et certains d'entre eux lui semblaient étrangement familiers.

Mais lorsqu'elle se rendit dans la boîte, rien ne vint confirmer ces références à une seule lettre. Il devait y avoir une autre série de livres ou quelque chose qui permettait de suivre toutes ces factures. Tout se recoupait. Le monde des affaires était fait de contrôles et de vérifications. Et si cette organisation caritative avait mis en place un système élaboré pour cacher de l'argent, elle n'aurait certainement pas effectué un travail bâclé. Pas à ce niveau. Elle devait avoir accès au programme de la banque. Mais si la société était intelligente, elle aurait fait appel à plusieurs établissements bancaires. Quelques mois plus tard, les factures apparurent.

Elle continua pendant six autres mois, mais il s'agissait essentiellement d'une répétition des précédents. La société semblait acheter des chaussures et des vêtements à des entreprises en cessation d'activité et les envoyait dans plusieurs villages. Ce qui était logique quant aux quantités achetées – mais pas quant aux prix payés –, sauf qu'à présent, ils devraient avoir des entrepôts de marchandises quelque part. Prévoyaient-ils de constituer des réserves pour d'autres localités ? (Elle secoua la tête.) Il devait y avoir un moyen plus simple.

Mais ce n'était pas à elle de juger de la validité d'une organisation. Elle n'avait pas à apprécier la validité d'une entreprise, ni sa gestion, ni ses pratiques commerciales. Tout ce qu'elle savait, c'était que le programme bancaire avait été piraté et qu'il impliquait d'une manière ou d'une autre cette société.

Au fur et à mesure qu'elle avançait dans les livres, elle constatait que l'entreprise avait changé d'orientation. Au lieu de vêtements, ils achetaient désormais des outils, des semences et du petit matériel. Elle approuvait. Il valait mieux donner les moyens aux villageois de s'aider eux-mêmes plutôt que de continuer à faire la charité.

Peu à peu, elle saisit les pratiques commerciales de la société.

Lorsque la porte de la chambre d'hôtel s'ouvrit, elle leva les yeux en sursaut.

— Désolé d'avoir été si long, dit-il. J'aurais bien appelé, mais on m'avait annoncé dix minutes, et au lieu de cela, ils en ont mis vingt.

Il referma la porte derrière lui et posa le sac sur le lit.

— Ils nous ont donné plusieurs plats et ont précisé que nous pouvions préparer des assiettes individuelles.

Elle replaça soigneusement le matériel dans la boîte, suivi de l'ordinateur portable de Rhodes, et se dirigea vers le lit. Alors qu'elle sortait les plats, l'odeur la frappa. Et c'est à ce moment-là qu'elle réalisa à quel point elle était affamée. Elle détestait admettre que même ses doigts tremblaient.

— Qu'est-ce qu'il y a ?

Il l'étudia avec inquiétude. Il s'approcha et prit ses mains en fronçant les sourcils. Puis il en porta une à ses lèvres.

S'il avait l'intention de calmer les choses, eh bien, cela n'aidait pas. Mais elle n'était pas non plus sûre d'avoir envie d'aller si vite. La dernière fois, elle avait été entraînée dans un tourbillon amoureux. Elle souhaitait aller lentement et s'assurer qu'elle savait qui était vraiment Rhodes. L'attirance était une chose. Mais elle ne voulait pas d'une liaison. Elle espérait tout le reste.

— Je suppose que j'ai vraiment faim, dit-elle, touchée qu'il s'inquiète, mais cherchant à le rassurer. Et ma glycémie chute de plus en plus ces derniers temps, surtout si je ne mange pas à temps.

— Tu es diabétique ?

Elle rit et dégagea sa main.

— Il est plus que probable que mon taux de fer soit bas. Le médecin a expliqué que je ne prenais pas soin de moi.

Elle s'assit sur le matelas, attrapa une assiette en carton et servit un tiers de chacun des trois plats. Pendant les dix minutes qui suivirent, elle se reput en silence. Elle leva la tête et vit qu'il appréciait lui aussi son repas à sa juste valeur. C'était un compagnon facile. Rapide dans la prise de décision, mais heureux d'avoir son avis, comme pour le dîner.

— C'est vraiment délicieux.

Il acquiesça.

— Ça sentait très bon quand je suis entré.

— Je n'ai aucune idée de ce que c'est.

Il s'esclaffa.

— Eh bien, évidemment, ce sont des pâtes. Un nom à consonance italienne. Mais ce dont je me souviens, c'est qu'il y avait des légumes rôtis et de la viande panée.

Elle rit.

— Ça, j'avais compris.

Il s'approcha, attrapa le ticket de caisse agrafé au sac en papier et le lui tendit.

— Tiens, peut-être que tu comprendras.

Mais tout était écrit en italien. Et il n'y avait pas grand-chose qui ait un sens. Elle le jeta sur le lit et déclara :

— Ce n'est pas grave. C'est délicieux.

— As-tu découvert quelque chose pendant mon absence ?

— Ils ont opéré de mauvais choix commerciaux au début. Ils devraient avoir des entrepôts remplis de vêtements et de chaussures à ce stade, mais finalement, ils fournissent des outils aux villages avec lesquels ils travaillent, relata-t-elle. Ils ont apporté de l'eau fraîche pour les gens et leur ont appris à jardiner eux-mêmes.

— J'approuve.

— Moi aussi.

— Mais qu'en est-il des entrepôts remplis de vêtements et de chaussures ?

— Honnêtement, je n'en ai aucune idée. Mais ils ont fait tous ces achats pour eux.

— Espérons qu'il s'agit d'achats raisonnables et qu'ils les ont tous distribués. Quid des revenus ?

— La plupart sont des dons. Quand l'argent arrive et qu'ils l'ont sous la main, ils le dépensent.

— Eh bien, c'est une question de bon sens. La plupart d'entre nous ne sont pas en mesure d'agir autrement.

— Exactement. Jusqu'à présent, je n'ai rien vu de bien étrange.

— Alors, c'est bien. Finis pour que nous puissions rentrer chez nous.

Elle secoua la tête.

— Pas tout à fait.

Il releva la tête et la regarda fixement.

— Pardon ?

Elle lui jeta un coup d'œil.

— C'est trop propre.

Tandis qu'il mâchait, il abaissa lentement son assiette et étudia son visage.

— Tu penses donc que quelque chose ne va pas ici ?

— Disons que j'ai des questions. Si le procureur parvient à obtenir les réponses, alors nous pourrions être tranquilles.

— S'il n'y a pas de profit, cela signifie que l'argent entre et qu'il est dépensé entièrement.

— Je suis sûr qu'acheter des outils agricoles est une bonne chose, mais je ne suis pas en mesure de garantir que ce qu'ils listent correspond réellement à ce qu'ils achètent. Dix mille pelles sont répertoriées dans des entrées séparées, mais autant ont-elles été livrées ?

— Quelle est la taille des villages ?

— N'est-ce pas la question ?

Elle lui sourit.

— Dix mille pelles, ce n'est pas beaucoup quand il s'agit d'en équiper plusieurs. Tout dépend de ce qu'ils effectuaient et de la population d'individus valides dans chacun d'eux. Nous n'avons pas de chiffres sur les localités, et nous ne savons pas s'ils s'en procurent autant parce qu'ils ont fait une meilleure affaire et qu'ils en auront toujours besoin plus tard.

Il acquiesça.

— Je vois ce que tu veux dire. Et le propriétaire ?

— Rien. Aucun dividende ne lui a été versé, et il ne retire pas d'argent d'une manière ou d'une autre.

— Il est donc clean. Et c'est sur lui que le procureur voulait que tu trouves plus d'informations ?

— Oui et non. J'aimerais savoir comment il a gagné de l'argent.

— Il ne devrait pas être rémunéré par une organisation caritative à but non lucratif.

— Il doit probablement toucher un salaire s'il travaille à plein temps pour elle. Les statistiques concernant les salaires des PDG des grandes organisations caritatives sont assez effrayantes. Beaucoup d'entre eux ont un salaire à sept chiffres.

— Cela ne me semble pas très charitable, déplora-t-il en fronçant les sourcils.

— Souvent, l'association ne reçoit pas l'argent dont elle a

besoin. Elle est trop occupée à payer son personnel.

Elle secoua la tête.

— Quelques employés au bas de l'échelle des rémunérations gagnent moins de cinquante mille euros par an.

— Ils s'occupent donc eux-mêmes de tout cela de ce côté.

— Mais je ne vois aucun paiement pour le personnel au Ghana, où se trouvent les entrepôts. Donc, soit ils sont tous bénévoles, soit ils traitent avec une autre société, soit ils paient en liquide. Il faut peut-être que j'accède au logiciel bancaire. Ils pourraient transférer de l'argent en arrière-plan. Malgré tout, cela me donne l'espoir que nous pourrons partir demain.

Il prit une autre bouchée et fit un signe de tête vers le reste de la nourriture.

— Quand nous aurons fini de manger, nous appellerons le procureur pour voir s'il est en mesure de nous donner des réponses.

— J'espérais que tu dirais ça. Je ne veux pas retourner dans son bureau. Il y a quelque chose qui ne va pas, mais je n'arrive pas à mettre le doigt dessus. J'ai seulement la nausée et ce sentiment d'enfermement. Je ne sais pas ce qui m'a rendue malade, mais je n'ai vraiment pas envie de respirer cet air-là.

— Et pourtant, je n'étais pas malade, et ni Bobby ni Robert n'avaient de symptômes.

Elle acquiesça.

— Je ne parviens pas à l'expliquer. Mais j'ai dû écouter mon propre corps.

— C'est peut-être simplement une question de nerfs, répondit-il calmement. Cela te rappelle trop ton ancien travail.

Elle approuva et reporta son attention sur son assiette.

Lorsqu'ils eurent fini de dîner et nettoyé, il sortit son téléphone.

— Robert, elle a parcouru plusieurs mois de comptes et a quelques interrogations. Elle peut vous en parler directement.

Il tendit le portable à Sienna.

D'une voix professionnelle, elle posa les quelques questions qu'elle avait sur les comptes de l'entreprise. Quand elle eut terminé, elle ajouta :

— À part ça, je ne vois rien pour l'instant. Il manque des informations. Ce sont des livres très simplistes. Seules deux personnes travaillent pour l'entreprise, et le gars que vous m'avez demandé de surveiller, J. R. Wilson, n'est pas mentionné. Il se passe des choses bizarres dans la façon dont l'organisation caritative est gérée, mais rien qui ne fasse référence à lui.

— Je peux appeler et obtenir des réponses à certaines de ces questions, annonça-t-il d'une voix distraite, comme s'il était enfoui dans le travail. Ce ne sera peut-être pas avant demain matin.

— Faites-moi savoir si vous trouvez autre chose.

Lorsqu'elle raccrocha, elle rendit le téléphone à Rhodes.

— Il veut que je continue à chercher.

Elle tapota la boîte et dit :

— Je pense que Bullard devrait vérifier ce nom pour nous. Il pourrait découvrir s'il existe des propriétés en Afrique enregistrées au nom de l'organisation caritative ou du propriétaire, ou même d'une famille.

— Tu penses qu'il a investi en Afrique ?

— Ce serait logique, car c'est là que ses associations opèrent. Sans parler des entrepôts.

— C'est un coup de fil que je suis en mesure de passer.

Il ouvrit son téléphone et précisa :

— Mais je le ferai à l'extérieur.

Lorsqu'il repartit, elle se replongea dans son ordinateur portable. La seule chose qu'elle aimait dans le code, c'était que tout était tracé.

— BULLARD, VOIS si tu arrives à trouver des informations sur J. R. Wilson. C'est une personne d'intérêt dans cette affaire de fraude bancaire. Nous sommes actuellement à Dallas pour rencontrer le procureur. On vérifie l'association caritative qu'il possède et dirige ici.

— Wellness for Everyone ? demanda Bullard. Ça a toujours été un peu louche. Il y a mille et une organisations caritatives ici, tout le monde est censé vouloir aider.

Il marqua une pause puis ajouta :

— Mais je peux vous dire que ce nom est accompagné d'un avertissement.

— Nous avons donc la bonne personne ?

— Je vais effectuer des recherches de ce côté, mais cela ne m'étonnerait pas du tout.

Rhodes réfléchit pendant une minute et raconta :

— Il y avait quelque chose dans les premières années à propos de commandes de vêtements et de chaussures, mais nous parlons de centaines de milliers de dollars.

— Il est possible que ce soit légitime, avança Bullard avec prudence. Mais ce n'est pas très probable. Il n'y a aucun intérêt à acheter des vêtements quand beaucoup d'eux viennent du monde occidental et d'autres pays pour un prix relativement bas, voire carrément gratuit. Il suffit de payer les frais de port.

— D'après Sienna, c'est comme s'ils en stockaient dans des entrepôts.

— Et si ce sont des entrepôts, ils pourraient être remplis de quelque chose de complètement différent.

— Ensuite, ça s'est arrêté. Au lieu de cela, l'entreprise a acquis des outils, du matériel agricole, des trucs comme ça.

— C'est ce à quoi nous nous attendions. Et d'après les livres, il semble qu'ils avaient de bonnes intentions au départ, qu'ils ont pris de mauvaises décisions, puis qu'ils se sont rapidement orientés vers un domaine plus utile pour les gens. Mais s'agissait-il vraiment de vêtements et de chaussures, ou d'autre chose ?

— Et bien sûr, nous n'avons mis la main sur aucune adresse où ces articles sont stockés.

— En réalité, je crois que j'ai une idée à ce sujet. Mais il n'y a aucun moyen d'obtenir un mandat pour aller vérifier. Pas ici.

Sa voix se ralentit.

— Vu le lien, je crois que je vais envoyer quelqu'un pour s'en occuper. Si je pensais que des armes se trouvaient dans ces entrepôts, je m'en occuperais.

Après avoir raccroché, Rhodes retourna dans la chambre d'hôtel pour donner des nouvelles, mais au lieu qu'elle soit en train de travailler, on aurait dit qu'elle s'était assoupie. Ses yeux étaient fermés, et une respiration profonde et régulière provenait de sa poitrine.

— Je ne dors pas, murmura-t-elle. C'est vrai.

Il rit.

— Mets ça de côté. Demain viendra bien assez tôt. Nous attendons que Bullard nous rappelle.

Il relata rapidement leur conversation.

Elle pivota et le regarda fixement.

— Il sera intéressant d'entendre ce qu'il trouvera.

Elle ferma l'ordinateur portable, le rangea dans la boîte, y remit tous les papiers en place et la déplaça vers le bureau de l'hôtel. Puis elle retourna au lit, rabattit les couvertures et se glissa dessous.

— Tu ne te déshabilles pas d'abord ?

— J'ai encore trop de boulot, susurra-t-elle. De plus, je ne dormirai pas beaucoup cette nuit. Ce ne sera qu'une sieste.

— Il est presque 21 heures. Mieux vaut dormir toute la nuit.

Elle fronça les sourcils, et il put voir les idées qui s'affrontaient sur son visage expressif. Finalement, elle rejeta les couvertures et grogna :

— Très bien.

Elle saisit son sac, en sortit quelques vêtements et une petite valise, et se dirigea vers la salle de bain. Lorsqu'elle revint quinze minutes plus tard, il était assis sur le lit, son ordinateur portable ouvert, en train de prendre des notes sur ce qui s'était passé pendant la journée.

Elle était vêtue d'un short et d'un débardeur. Elle tituba jusqu'au lit, se jeta sous les couvertures, éteignit la lumière de son côté et murmura :

— Bonne nuit.

Il sourit. Il n'aurait jamais pensé vouloir quelqu'un de piquant, mais il l'aimait bien. Plus que ça, en réalité. Il avait escompté un peu plus d'action ce soir, mais étant donné son état et le fait qu'il avait déjà obtenu une réponse formidable à son baiser précédent, ce n'était pas le moment… Elle devait avancer à la vitesse qui lui convenait. Il la désirait pour longtemps, pas seulement pour un bon moment. Mais il espérait qu'il y en aurait beaucoup d'autres au fil des ans.

— Si seulement Jarrod pouvait te voir maintenant, murmura-t-il en riant, avant de se rappeler ce que son dernier amant lui avait infligé.

Il n'était pas un ami de la trahison, ayant lui-même connu plus de trahisons qu'il ne l'aurait voulu. Mais il avait fait la paix avec ça. Désormais, il devait l'aider dans ce même processus.

— Si tu lui dis, je vais avoir un tas d'ennuis.

— Serait-il vraiment contrarié ?

Devait-il lui parler de sa conversation avec son frère ? Ou attendre qu'elle soit réveillée ? La dernière chose dont il avait envie était de prendre part à une discussion qui risquait de la contrarier. Elle avait besoin d'une bonne nuit de sommeil. La journée avait été suffisamment difficile pour elle. De plus, ils avaient le temps. Et le voyage était d'autant plus agréable qu'ils savaient où ils allaient.

— Aucune idée. Je ne suis pas prête à aller dans cette direction. Moins il en sait, mieux c'est. C'est la même chose pour son travail. Si j'ignore qu'il part en mission dangereuse, je ne m'inquiète pas. S'il ne pense pas que je suis impliquée dans quelque chose qui va encore gâcher ma vie, il ne s'inquiète pas. C'est une bonne affaire pour tout le monde.

— C'est une mauvaise affaire parce qu'elle te laisse seule dans le froid.

— J'ai l'habitude.

Sur ce, elle remonta la couverture sur ses épaules et s'enfonça plus profondément dans l'oreiller. La conversation était terminée.

Chapitre 8

ELLE SE RÉVEILLA brusquement. Elle était allongée tranquillement au centre du lit, Rhodes était au-dessus des draps à côté d'elle. Il avait les yeux grands ouverts. Elle s'appuya sur un bras, mais il leva immédiatement la main pour l'empêcher de bouger. Tranquillement, elle s'enfonça de nouveau dans le matelas et patienta.

Une ombre passa devant la fenêtre de la suite, ce qui lui glaça le sang. Devant leur porte s'étendait une longue terrasse qui longeait plusieurs chambres. Elles étaient toutes séparées par de petites barrières, mais en théorie, n'importe qui pouvait passer de l'autre côté s'il le souhaitait. Elle reprit son souffle lorsque l'ombre se retira une nouvelle fois de la fenêtre. Elle attendit anxieusement que Rhodes fasse un geste. Mais il ne le fit pas. Il ne se détendit pas non plus.

Elle avait désespérément besoin d'aller aux toilettes. Elle ne savait pas si elle oserait prendre le risque. Finalement, il lâcha sa main, se tourna vers elle et lui dit :

— C'est bon.

Elle haussa les sourcils, mais prit ses paroles au pied de la lettre. Elle repoussa les couvertures, se laissa glisser hors du lit et se dirigea vers la salle de bain. Peut-être était-ce la nervosité, peut-être était-ce la matière sur laquelle elle avait travaillé, mais son sentiment de malaise grandissait. Après s'être lavé les mains et être retournée dans la chambre, elle s'inquiéta de savoir si elle allait se rendormir. Elle consulta son téléphone portable pour découvrir qu'il était 4 heures du matin. Elle lui jeta un coup d'œil et lui demanda :

— Tu penses que cette ombre a quelque chose à voir avec nous ?

— Oui.

C'était tout, court, laconique. Une réponse typique de Rhodes. Il était beaucoup plus aimable quelques années auparavant. Mais ils n'étaient pas en danger à l'époque. Il était également taquin et gentil avec elle lorsque c'était une adolescente maladroite. Elle tassa les oreillers contre la tête de lit et se glissa sous les couvertures, puis s'assit et le dévisagea.

— Est-ce qu'on doit partir ?

Il lui lança un regard acéré et branla du chef.

— Pas encore.

Elle patienta. Mais il ne s'étendit pas sur le sujet.

— Nous attendons quelque chose ? le questionna-t-elle, exaspérée. Nous attendons que la situation empire, que quelqu'un entre dans la pièce et nous attaque ?

Son regard ne cessait de se déplacer dans la pièce pour vérifier quelque chose. Elle ne comprenait pas ce qu'il cherchait, mais il semblait cataloguer mentalement le contenu de la chambre et se demander à quelle vitesse ils seraient capables de sortir.

— Tu veux que je commence à faire mes valises ?

— Combien de temps cela te prendrait-il ?

— Pour l'instant, sous l'effet de l'adrénaline, cinq minutes.

Ses sourcils se haussèrent.

— Tu as deux minutes.

Il entra dans la salle de bain et ferma la porte.

Elle bondit hors du lit et s'habilla rapidement. Elle

n'avait pas apporté beaucoup de vêtements avec elle, et avait déjà emballé le matériel du procureur avec l'ordinateur portable de Rhodes et le grand livre dans la boîte de documents. Tout était donc au complet, et elle était prête à partir. Si quelqu'un en avait après elle, il y avait de fortes chances qu'il veuille le grand livre. Sienna avait conscience qu'il y avait quelque chose de louche dans ces comptes, mais il fallait en apporter la preuve. Le procureur avait besoin d'un expert-comptable pour approfondir la question.

S'ils disposaient de copies numériques de tous les documents, le fait que la boîte de documents soit volée ou non n'aurait pas vraiment d'importance. Il serait toutefois préférable de tout avoir.

Mais il était impossible de comprendre l'esprit des criminels de nos jours. Lorsque Rhodes sortit, elle était en train de mettre ses chaussures. Elle dit :

— Je suis prête.

Son regard parcourut la pièce, et il hocha la tête.

— Tu as des affaires dans la salle de bain.

Elle entra, prit les quelques affaires de toilette qu'elle avait emportées avec elle et les ajouta au contenu de son sac à dos.

— Alors, où est-ce qu'on va maintenant ?

— Il est trop tôt pour se rendre au bureau du procureur, mais il y a plusieurs cafés dans les environs.

— D'accord. Cela me convient. Surtout si on peut apporter l'ordinateur portable et travailler.

Il jeta un coup d'œil à sa montre et acquiesça.

— Il est 4 h 15. Avec un peu de chance, il y a un café ouvert toute la nuit à proximité.

Il saisit son sac.

— Si je prends la caisse, tu peux porter ton sac ?

Elle attrapa son sac à dos, le mit sur ses épaules et attrapa l'ordinateur portable. Il gagna le bureau d'enregistrement et y déposa la clé. Comme ils avaient payé à l'avance, l'heure de leur départ n'avait pas d'importance. Dehors, il les conduisit jusqu'au pick-up. Ils y rangèrent ce qu'ils avaient et se mirent en route en quelques minutes.

Il était étrange de se lever si tôt. C'était comme s'ils sortaient en douce de la chambre d'hôtel pour que personne ne les voie, mais ce n'était pas une affaire clandestine dans laquelle elle était impliquée. C'était quelque chose de bien plus dangereux.

Même si une aventure serait beaucoup plus amusante.

Il quitta le parking et se dirigea vers la rue principale. En quelques minutes, ils trouvèrent plusieurs bons cafés. Il s'arrêta dans le deuxième et se gara. Avec l'ordinateur portable dans les mains et quelques-unes de ses notes, il verrouilla le véhicule, et ils entrèrent pour prendre un café.

— Tu veux manger ?

Elle secoua la tête.

— Pas tout de suite. Il est trop tôt pour ça.

Elle s'installa et ouvrit l'ordinateur portable. Elle était vraiment trop fatiguée pour tout revoir. Elle n'était même pas sûre de ce qu'elle avait trouvé à ce stade. Lorsque le café fut servi, elle referma l'ordinateur et le poussa sur le côté, en bâillant.

— Tu as bien dormi ? demanda Rhodes en couvrant sa main avec la sienne, beaucoup plus grande.

Elle sourit.

— Toujours cette attitude de grand frère ?

Il haussa les sourcils.

— Je t'ai connue il y a longtemps, argumenta-t-il en souriant. En plus, Jarrod est mon ami.

— Je ne suis plus une petite fille.

Il se redressa et retira doucement sa main de la sienne.

Elle regrettait d'avoir exprimé quoi que ce soit. Il y avait quelque chose de si réconfortant dans son contact. Elle doubla la crème dans son café et mélangea le tout.

— Jarrod a-t-il dit quelque chose qui t'a contrariée avant de partir ?

Elle leva les yeux, surprise.

— Jarrod est un bon gars. Il sait qu'il peut se fier à mon bon sens.

— Du bon sens à propos de quoi ?

Elle le considéra innocemment par-dessus le bord de sa tasse.

— La vie, je suppose.

Elle sourit dans sa tasse.

— Pourquoi ai-je l'impression que tu te moques de moi ? demanda-t-il.

Elle haussa les épaules.

— Jarrod m'a toujours donné les mêmes avertissements. Ses amis sont des hommes bien, honnêtes, mais joueurs avec les femmes, donc je dois faire attention. Mais il a confiance en ma capacité à prendre la bonne décision pour moi-même.

Elle le regarda droit dans les yeux.

— J'ai reçu cet avertissement il y a dix ans, et de nouveau il y a quelques jours.

— Waouh, je ne savais pas qu'il nous considérait encore tous de cette façon.

— Je ne pense pas que ce soit le cas, mais je suppose qu'il était tellement habitué à donner cet avertissement qu'il l'a fait naturellement dans le cadre de ses adieux habituels.

— C'est logique. Je n'ai pas de petite sœur pour laquelle je dois m'inquiéter, mais je peux imaginer que c'est une préoccupation majeure.

— Ce qu'il ne saisit pas, c'est que je suis une adulte et que je n'aurai pas de liaison avec quelqu'un avec qui je n'ai pas envie d'en avoir une, lança-t-elle un peu trop fort.

Il y eut un silence soudain pendant qu'il l'étudiait. Elle réalisa alors que Jarrod et elle n'avaient même pas discuté de ce genre de choses. Ce n'était pas comme si son frère lui déconseillait d'avoir des relations sexuelles ; il la mettait en garde contre les hommes du complexe. Il prétendait qu'on ne pouvait pas leur faire confiance pour rester plus longtemps qu'un coup d'un soir.

Elle secoua la tête.

— Et ce n'est qu'une réaction exagérée de la jeune sœur qui a été réprimandée pendant des années et des années sur le même sujet.

Il rit.

— Tant que ça fonctionne.

Elle sourit.

— Tu as toujours eu cette attitude qui consiste à s'entendre avec tout le monde.

— Je me demandais si tu te souvenais bien de ce qui s'était passé à l'époque, déclara-t-il avec curiosité. Tu ne dis jamais grand-chose.

— Qu'est-ce qu'il y a à dire ? J'ai rencontré plusieurs des amis SEAL de Jarrod.

Elle haussa les épaules.

— J'ai revu la plupart d'entre eux au fil des ans. Mais c'est la première fois que je te croise depuis.

— C'est vrai. C'est sûr que tu ne ressembles plus à ce que tu étais à l'époque. Prétentieuse, maigre, avec un appareil dentaire et des cheveux roux.

Il lui adressa un sourire de travers.

— Tu étais adorable. Et tu es une beauté aujourd'hui.

Elle écarquilla les yeux de surprise.

— Eh bien, j'avais un complexe de héros à ton égard à l'époque.

Elle s'esclaffa.

— Je me suis débarrassée de l'appareil dentaire, mais il m'arrive encore de faire des gaffes.

Il sourit.

— Je crois que c'est le cas de tout le monde. Ce n'est pas une compétence que l'on perd facilement.

La serveuse revint et demanda :

— Voulez-vous commander quelque chose à manger ?

Sienna secoua la tête.

— Seulement un peu plus de café pour moi, s'il vous plaît.

Elle écouta Rhodes donner une réponse similaire. L'atmosphère s'était réchauffée avec leurs confessions. Cela lui donnait de l'espoir. Elle regarda par la fenêtre et remarqua que le monde autour d'elle s'éclaircissait légèrement. C'était peut-être simplement parce que ses yeux étaient mieux ajustés, mais il semblait que la lumière du jour reléguait enfin la nuit à l'arrière-plan.

— On peut rentrer à la maison aujourd'hui, tu crois ? le questionna-t-elle en sortant un bloc-notes. J'ai quelques points à soumettre au procureur, mais il n'y a pas grand-chose ici.

— Dans ce cas, oui, nous pouvons rentrer à la maison.

Elle s'illumina.

— Super !

— Heureux d'entendre que tu considères l'enceinte comme ta maison.

— Cela a pris du temps. Après les attaques, je me suis

demandé dans quoi je m'étais embarquée. Mais j'ai vite compris que Jarrod connaissait la plupart d'entre vous et que j'avais eu de la chance de me retrouver là. Depuis, toutefois, le fait de rester assise et de regarder tout le monde traverser ses propres problèmes de relations personnelles, c'est une autre paire de manches.

Rhodes rit.

— N'est-ce pas ? Levi et Ice, Stone et Lissa…

— Merk et Katina, ajouta-t-elle en ricanant.

— Ces deux-là étaient destinés à être ensemble. Je n'arrive pas à imaginer comment ils ont réussi à se séparer la dernière fois.

— Tu aurais pensé différemment si c'était toi qui avais participé au mariage à Las Vegas.

Elle sourit.

— C'est bien vu.

— Tu es d'accord pour rester dans le complexe ? l'interrogea-t-il avec un regard attentif, chaleureux.

Plus chaleureux qu'elle ne l'avait jamais vu. Au lieu d'être mal à l'aise, elle souhaitait qu'ils soient seuls. Pourtant, cette bulle était intime. Le moment était spécial. Elle lui adressa un lent sourire.

— Pour le moment. Le travail est intéressant. Il y a beaucoup à apprendre et à faire, et je m'y sens en sécurité.

— Ce sont de bonnes raisons.

— Et, bien sûr, j'aime les gens.

Elle lui lança un œil amusé.

— Certains plus que d'autres.

PLUS DE DEUX heures plus tard, Rhodes posa sa tasse de café vide.

— Allons-y.

Il tapota sa montre et dit :

— Le bureau du procureur va bientôt ouvrir. Si nous y arrivons assez tôt, nous pourrons peut-être partir plus tôt. Nous pourrions être à la maison juste après l'heure du déjeuner.

Cette remarque fit sourire la jeune femme. Il la regarda remballer rapidement le peu de matériel qu'elle avait avec elle, boire le reste de son café et se lever.

— Je laisse l'ordinateur portable ici pendant que je vais aux toilettes.

Il l'observa pendant qu'elle s'éloignait. Ce long corps maigre et maladroit s'était transformé en une femme voluptueuse dont les jambes semblaient ne jamais s'arrêter.

Il se demanda si Jarrod croyait vraiment que tous les hommes de l'enceinte jouaient avec les femmes. Rhodes parvenait à comprendre l'avertissement dix ans auparavant, mais il ne s'appliquait plus guère aujourd'hui. Pas avec tous ses camarades qui se mettaient en couple, et ces relations faisaient que l'endroit ressemblait plus à un complexe amoureux qu'à un véritable centre de sécurité.

Pendant qu'il patientait, il paya l'addition. Comme elle ne revenait toujours pas, il consulta sa montre et se rendit compte qu'elle était partie depuis dix minutes. Il fronça les sourcils. Ce n'était pas si exagéré, mais si elle ne revenait pas bientôt, il allait défoncer cette fichue porte et l'obliger à sortir. Il ramassa l'ordinateur portable et son carnet, empocha le ticket de caisse et se dirigea vers les toilettes. Il frappa à la porte qui s'ouvrit facilement. La pièce était vide, tout comme les quatre cabines.

Il sortit et fouilla le restaurant. Où était-elle ? Il jeta un coup d'œil à la fenêtre juste à temps pour voir une petite camionnette quitter le parking. Il comprit immédiatement que quelque chose n'allait pas. Il se précipita à l'extérieur, vérifia le parking pour s'assurer qu'elle ne l'attendait pas, courut jusqu'à son véhicule, déposa les objets à l'intérieur et se lança à la poursuite de la fourgonnette. Il coinça son téléphone sur le support du tableau de bord et appela Levi. Dès qu'il répondit, Rhodes dit :

— Sienna a disparu.

Il expliqua ce qui s'était passé et précisa qu'il poursuivait une camionnette blanche, mais qu'il n'avait aucun moyen de savoir si elle avait un rapport avec sa disparition.

— As-tu vérifié les autres toilettes ? Et tout le monde dans le restaurant ? demanda Ice. S'il y avait du monde, elle aurait pu utiliser les toilettes des hommes.

— Il y avait à peine quelques personnes dans le restaurant, et toutes les cabines étaient vides. Il lui est arrivé quelque chose.

Il en était persuadé à l'intérieur. Ses tripes se contractèrent. Il desserra ses mains du volant, ses jointures étaient encore blanches. Devant lui, il voyait la fourgonnette franchir plusieurs feux. Sans se soucier de la vitesse de la circulation, il donna un coup d'accélérateur et se rapprocha le plus possible de celle-ci.

Comme s'il réalisait soudain qu'il était suivi, le conducteur du van traversa trois voies de circulation et bifurqua à gauche dans la rue suivante. Il franchit également un feu rouge, laissant Rhodes au milieu de l'intersection jusqu'à ce que le trafic transversal soit passé.

Ce dernier suivit rapidement et tourna dans une autre rue. Aucun signe de la camionnette. Il remonta la voie et la descendit lentement, puis revint sur ses pas, à la recherche d'une allée, d'un garage ou de quelque chose d'autre. Seules deux maisons avaient un garage. Il fit le tour par l'arrière, mais ne trouva aucun endroit où le véhicule était susceptible d'être caché.

En repassant par l'avant, il aperçut un jeune homme qui se tenait sur le perron. Cela pourrait facilement être lui. En roulant devant la deuxième maison avec garage, Rhodes vit une femme et des enfants sortir par la porte d'entrée. Il opéra immédiatement un demi-tour et se dirigea vers la première bâtisse. Le type n'était plus à l'extérieur.

Rhodes se gara dans l'allée pour qu'ils ne soient pas en mesure de partir. Il envoya un message à Levi pour lui donner des nouvelles. Il feignit de se diriger vers l'arrière de la maison. Au lieu de cela, il fit demi-tour et se faufila dans le garage par la porte latérale.

Bingo. La camionnette était là. Il ouvrit les portes, à la recherche d'une preuve que Sienna était bien à l'intérieur. Il ne voulait surtout pas faire irruption dans une maison et terroriser une famille qui n'avait rien à voir avec son enlèvement.

Malheureusement, la fourgonnette n'offrait rien d'utile.

Il jeta un coup d'œil par la fenêtre de la porte arrière, mais ne trouva aucun signe de la présence de quelqu'un dedans. Il y avait bien eu un homme sur le perron, mais Rhodes ne savait pas où il était allé. Rhodes ouvrit la porte de la maison sans bruit et se glissa à l'intérieur. Les escaliers menant au deuxième niveau se trouvaient juste devant lui. Il lança un regard rapide dans la cage d'escalier et, ne voyant personne, s'y glissa.

Il vérifia toutes les chambres, et, dans la dernière, il trouva Sienna jetée sur un lit. Sa bouche était scotchée, ses mains et ses pieds attachés. Elle semblait inconsciente. Toujours aucun signe de la ou des personnes qui l'avaient enlevée.

Ayant entendu un bruit en dessous de lui, il se cacha rapidement dans le placard.

Deux voix montaient les escaliers.

— Tu es sûr qu'on aurait dû l'emmener ?

— Nous n'avions pas vraiment le choix. Ils retournaient au bureau du procureur. Vous les avez entendus.

Rhodes fronça les sourcils. Cela signifiait que celui qui l'avait enlevée était dans le restaurant avec eux. Un couple de jeunes voyous était assis deux tables plus loin, mais il ne leur avait pas prêté attention alors qu'ils étaient assis là à boire du café et à jouer sur leurs téléphones portables. Ils n'avaient montré aucun intérêt pour elle ou lui. Apparemment, il s'était trompé. Ils semblaient savoir exactement quels étaient les plans de Rhodes et de Sienna.

— Je ne comprends toujours pas quelle différence cela fait.

— Ils ont peur que les documents qu'elle possède impliquent l'un des patrons, répondit l'autre.

— Alors, pourquoi n'avons-nous pas simplement volé les boîtes ?

— Ne sois pas stupide. Tout est numérique de nos jours.

— Et quelle différence cela fait-il que nous l'ayons ou non ?

— L'effet de levier.

— Oh !

Rhodes regarda à travers les fentes de la porte du placard deux hommes s'approcher de Sienna.

— Réveille-toi, salope.

Sienna ne fit pas un bruit. Le même type ramena son bras en arrière et la heurta au visage. Sa tête bascula d'un côté à l'autre, puis roula doucement jusqu'à ce qu'elle s'immobilise. Elle n'émit jamais le moindre son.

— À quel point l'as-tu frappée ?

À l'intérieur, la colère de Rhodes montait. Ils l'avaient assommée, et maintenant ils n'arrivaient même pas à la réveiller ? Dès qu'il l'aurait sortie d'ici, elle irait directement à l'hôpital. Quoi qu'elle dise.

— Je ne l'ai pas touchée. Ce n'est pas ma faute si elle s'est cogné la tête contre la fenêtre quand je l'ai attrapée. Mais c'était plus facile pour s'occuper d'elle.

Les deux hommes reculèrent légèrement.

— Tu crois qu'on devrait en parler à quelqu'un ?

— Bien sûr que non. N'allons pas encore nous attirer ce genre d'ennuis.

Les deux jeunes gars sortirent de la chambre quand l'un de leurs portables sonna.

— C'est le patron, annonça le plus jeune.

En regardant à travers les fentes, Rhodes vit que le type au téléphone portait une chemise rouge et l'autre un sweat à capuche gris clair. Honnêtement, ils se ressemblaient tellement qu'ils pourraient être frères. Ils mesuraient tous les deux environ un mètre quatre-vingts, étaient maigres et portaient des jeans qui leur tenaient à peine sur les hanches. Rhodes secoua la tête. Dans quel pétrin lui et Sienna s'étaient-ils fourrés ?

Celui en rouge parla au téléphone.

— Non, nous l'avons.

Il jeta un coup d'œil à son coéquipier et lui tendit la main. Ils se congratulèrent.

— Pas de problème. Nous l'emmenons au point de rendez-vous.

Il observa son partenaire, et son sourire s'élargit.

— Bien sûr, pas de soucis.

Il éteignit son portable.

— Nous sommes censés la conduire à l'entrepôt.

— Oh, merde ! On vient juste de la ramener ici. Pourquoi il n'a pas appelé quelques minutes plus tôt, on aurait pu continuer à rouler ? déplora le gars à la capuche avec dégoût.

— Ça n'a pas vraiment d'importance. Ce que le patron ordonne, on l'exécute.

Le type à la capuche considéra le lit et lâcha :

— Merde !

Rhodes savait qu'il n'avait pas été facile pour ces deux adolescents maigres de la porter à l'étage. Il les vit s'approcher du lit et faire tomber Sienna sur le sol, repositionner leurs mains et la soulever, puis l'emmener lentement dans les escaliers.

Rhodes sortit du placard et patienta le temps qu'ils soient hors de sa vue. Ils apprendraient bien assez tôt qu'ils ne parviendraient pas à partir sans que son véhicule ne soit déplacé. Alors que les gars allaient au garage, Rhodes se dirigea vers la porte d'entrée. Il appela Levi et les flics. Il attendit que les deux l'aient placée à l'arrière de la camionnette dans le garage et les suivit. Dès qu'ils la mirent à terre, il bloqua la tête du premier. Il n'y eut qu'un craquement fragile, et le gamin devint mou. Après avoir vérifié qu'il était inconscient, Rhodes le laissa tomber sur le sol. Le deuxième type dévisagea Rhodes en état de choc.

— Qui êtes-vous ? D'où venez-vous ?

Son regard se posa sur son partenaire au sol, et il cria.

— Oh, mon Dieu ! Vous avez tué Joe ?

Rhodes saisit le gamin et le plaqua contre la fourgonnette, ses bras coincés derrière lui et sa tête aplatie contre le côté du véhicule.

— Peut-être. Mais ce n'est pas ce que j'avais prévu. Cependant, à quoi vous attendiez-vous en kidnappant cette femme ? Une tape sur les doigts ?

Le gosse se mit à pleurer.

— Tu as tué mon frère.

Il se débattait dans les bras de Rhodes, mais il n'avait aucune liberté de mouvement et encore moins de force. Il n'était pas étonnant qu'il leur ait fallu être deux pour porter Sienna.

Rhodes pressa de nouveau le gamin contre la camionnette.

— Et tu auras droit au même traitement si tu ne te tais pas.

L'ado se calma. Rhodes le regarda fixement tout en sortant des menottes de sa poche arrière et en attachant rapidement ses poignets.

— Bon sang. Le kidnapping constitue un délit fédéral. Vous pensiez vraiment vous en sortir indemne ?

— Nous ne l'avons pas vraiment kidnappée, répliqua le gamin. Le patron nous a simplement demandé de la faire venir, et elle a refusé.

— D'où le terme d'enlèvement, quand on prend des gens contre leur gré. Vous l'avez attachée, vous l'avez assommée et vous l'avez sortie du restaurant pour la mettre dans votre véhicule. Où pensiez-vous aller à partir de là ? Je crois que c'est la prison. Si vous vivez aussi longtemps.

Les yeux de l'homme s'écarquillèrent, et il considéra Rhodes avec horreur.

— Oh non, non, non, non, non ! Pas de prison pour moi. Je n'y survivrais pas.

Rhodes pouvait le croire.

— Le seul moyen pour vous d'écourter votre peine, ou d'en obtenir une plus légère, c'est de coopérer pleinement.

Immédiatement, le visage du gamin se vida de ses couleurs.

— Vous pouvez me jeter derrière les barreaux, déclara-t-il. Mais le patron me tuera si je vous dis quoi que ce soit.

Au son des sirènes, il trembla.

— Oh, mon Dieu ! Je suis dans le pétrin.

— Tu auras encore plus d'ennuis quand le patron découvrira que tu as été arrêté par les flics, parce qu'il supposera que tu t'es retourné contre lui. De toute façon, ta vie est maintenant foutue.

Il fixa Rhodes, l'horreur dans ses yeux les rendait presque noirs.

— Vous ne comprenez pas ces gens. Ils ont des bras très longs. Ils sont aussi capables de me tuer en prison.

— Bienvenue dans le monde de la criminalité, rétorqua Rhodes.

Poussant le gamin devant lui, il appuya rapidement sur le bouton pour ouvrir la double porte du garage. C'est alors que le jeune homme aperçut le pick-up de Rhodes.

— Vous étiez déjà sur notre piste. Vous nous avez suivis depuis le restaurant ?

— Oui, acquiesça Rhodes. Certainement.

Deux voitures de police noir et blanc s'arrêtèrent derrière le pick-up. Rhodes sortit rapidement sa carte d'identité et emmena le gamin vers l'un des officiers. Mais il ne le lâcha pas.

Une ambulance arriva quelques minutes plus tard. Il attendit que Sienna soit examinée, puis que sa forme immobile soit chargée dans le véhicule de secours. Il détestait la laisser, mais il ne pouvait pas non plus faire confiance aux flics. Avant qu'ils ne prennent possession du prisonnier, il téléphona au bureau du procureur et parla à Robert.

Ensuite, les choses se déroulèrent à un rythme un peu

différent. Une autre voiture arriva, et le procureur lui-même en sortit. Il jeta un coup d'œil au gosse et dit :

— Emmenez-le pour l'interroger. Rhodes, je vous suggère de venir avec nous.

Il lança un regard à l'ambulance qui s'éloignait dans la rue.

— Elle va s'en sortir ?

— … Pour ce qui est de ces connards, c'est lui qui l'a assommée, relata Rhodes avec amertume. Si vous pouviez me laisser seul avec lui quelques minutes…

L'adolescent hurla :

— Il a tué mon frère. Ne le laissez pas s'approcher de moi.

Le procureur observa Rhodes.

Celui-ci haussa les épaules.

— Je ne l'ai pas tué. Je l'ai simplement neutralisé.

Le gamin s'arrêta et le dévisagea.

— Vous m'avez dit que vous l'aviez tué.

Rhodes sourit.

— J'ai menti.

Il monta dans son véhicule et suivit de près le procureur et son prisonnier. Il n'était pas question de laisser ce gosse hors de sa vue. Le procureur semblait comprendre. Ils se rendirent au commissariat et se retrouvèrent rapidement dans une salle d'interrogatoire.

Le procureur déclara :

— Nous devons traiter cette affaire de manière officielle.

Rhodes acquiesça.

— Je suis d'accord. Mais j'ai besoin de savoir qui en a après Sienna pour mettre un terme à tout cela rapidement. Donnez-moi un nom. Je m'occuperai du reste.

Sa voix était dure, son regard amer. Il ne lâcherait rien

tant qu'il n'aurait pas ce nom. Sienna avait disparu sous sa surveillance, et il ne se le pardonnerait jamais.

Seulement, l'ado refusait de parler. Entre les flics et le procureur, il restait assis et les regardait fixement. Frustrés, les trois agents des forces de l'ordre se levèrent et sortirent.

Rhodes avait assisté à la scène à travers la vitre d'observation. Il dit à voix basse :

— Laissez-moi lui parler.

Les policiers protestèrent immédiatement. Robert sourit et lança :

— Vous pourriez effrayer n'importe qui. Allez-y. Vous avez cinq minutes. Mais n'oubliez pas que tout est enregistré, alors ne dépassez pas les bornes. Il ne faut pas que cette affaire tombe à l'eau.

Rhodes entra et se dirigea directement vers le gamin.

Celui-ci poussa un cri, sauta de la chaise et courut vers le fond de la pièce.

— Vous n'avez pas le droit de me toucher. Les flics me protégeront.

— Peut-être, mais seulement le temps d'obtenir les informations que nous voulons. J'ai déjà raconté à la rue que tu étais une balance.

— Mais je n'ai rien dit, s'écria-t-il en guise de protestation. Vous ne pouvez pas mentir comme ça.

— Dans quel univers vis-tu, petit ? Tu crois que c'est un jeu de voyou auquel tu jouais au lycée ? Des gens meurent ici. Et tu seras l'un d'entre eux si tu ne te ressaisis pas.

Soudain, le gamin se rendit compte qu'il était vraiment dans le pétrin.

— Vous ne comprenez pas. S'ils pensent que je suis un dénonciateur, ils risquent de me tuer.

— Et tu ne piges pas. Dès que les flics t'ont arrêté, ils

ont supposé que tu l'étais, donc tu es mort de toute façon. Toi et ton frère, Joe.

Le gosse se dirigea vers la chaise et s'y enfonça lentement.

— Oh, mon Dieu ! s'exclama-t-il. Vous avez raison. Je n'ai aucun moyen de m'en sortir.

— Si, il y en a un : coopérer pleinement avec les flics. Avec un peu de chance, toi et ton frère écoperez d'une peine plus légère, et vous aurez peut-être encore une vie après ça. Si ce n'est pas le cas, eh bien, je ne promets rien.

Rhodes se retourna et sortit en claquant la porte derrière lui. Alors qu'il partait, le jeune cria :

— Attendez, attendez. Je veux parler.

Il adressa un signe de tête aux flics.

— C'est à vous de jouer.

Il se dirigea vers la fenêtre latérale et regarda le soleil du matin. Il voulait encore tordre le cou à cette petite poule mouillée.

Le procureur déclara :

— Un peu brutal, mais efficace.

Rhodes se mit à rire.

— Oui, c'est tout à fait moi.

Il pivota vers l'homme qu'ils étaient venus aider.

— Les dossiers et votre ordinateur portable sont dans mon véhicule. Je vais les chercher pour vous, et ensuite je veux savoir qui a ordonné l'attaque sur Sienna.

Un des policiers sortit et s'approcha d'eux.

— Il souhaite passer un accord.

Le procureur répondit :

— C'est mon signal.

Il se retourna vers Rhodes.

— Si vous voulez bien apporter ces documents, ce serait formidable. Je suppose que vous vous rendrez à l'hôpital ensuite ?

Rhodes acquiesça.

— Tant que nous n'aurons pas arrêté le commanditaire de l'enlèvement, elle ne sera pas en sécurité. Elle n'est même pas là.

Alors que le procureur entrait pour conclure un marché avec le jeune voyou, Rhodes se précipita vers son pick-up, sortit la boîte d'informations que le procureur lui avait donnée et la porta jusqu'à la salle d'observation. Lorsqu'il revint dans la pièce extérieure, ce dernier était en train de discuter avec les officiers de police. Il jeta un coup d'œil à la caisse et sourit.

— D'accord, nous avons les noms et les adresses. Nous constituons une équipe tactique pour les poursuivre.

Il hésita et ajouta :

— J'ai conscience que vous aimeriez, mais je ne peux pas vous laisser participer à cela.

— Bon sang, déplora Rhodes en haussant les épaules. Faites ce que vous avez à faire. Je vais aller à l'hôpital et protéger Sienna. J'ai laissé ce connard s'en prendre à elle une fois. Je ne peux pas le laisser recommencer.

— Vous n'êtes pas responsable de ça, répliqua l'homme alors que Rhodes se dirigeait vers son véhicule.

— Je ne le suis pas, mais je le suis.

C'est ainsi que va la vie, se dit Rhodes.

Chapitre 9

ELLE SOUHAITAIT ARDEMMENT que le bruit – les gémissements – se taise. Il lui donnait vraiment mal à la tête. Elle frissonna et tira les couvertures plus haut sur ses épaules. Elle n'avait aucune idée de l'endroit où elle se trouvait, mais tout lui faisait mal.

— Sienna ?

Un doigt doux lui caressa la joue. Elle lutta pour ouvrir les yeux. Quand elle y parvint enfin, tout était flou. Mais les lamentations avaient cessé. Dieu merci.

Alors qu'elle regardait devant elle, une image floue du visage de Rhodes apparut. Une seconde plus tard, elle pouvait le voir clairement.

— Hé !

Il se pencha vers elle et l'embrassa très doucement sur la tempe.

Ses paupières se fermèrent.

— Qu'est-ce qui s'est passé ?

— Tu es allée aux toilettes du restaurant et tu as rencontré deux voyous qui ont essayé de te convaincre de les suivre.

Son ton était sec. Il s'assit avec précaution sur le bord du lit et tendit le bras pour prendre ses mains dans les siennes.

Elle le considéra avec surprise tandis que les souvenirs s'enchaînaient.

— L'un portait un sweat à capuche et l'autre un tee-shirt

rouge.

Il acquiesça.

— Des frères. Des jeunes. Ils avaient reçu l'ordre de venir te chercher, s'ils en avaient l'occasion, et ils sont passés à l'acte au restaurant.

— Et, bien sûr, tu m'as sauvée, n'est-ce pas ?

Elle lui adressa un sourire complice. Et elle était très reconnaissante d'avoir raté toute cette histoire.

— Cela ne m'a pris que quelques minutes, dit-il gravement. Je les ai vus partir et je les ai poursuivis. Mais je n'étais pas en mesure de garantir que tu étais à l'intérieur du van. Je l'ai trouvé dans le garage de quelqu'un. Quand je suis entré, tu étais à l'étage, attachée sur un lit.

Elle le dévisagea avec stupeur.

— Je ne me rappelle rien de tout cela.

Il s'inclina et l'embrassa sur le nez.

— Encore une série de cauchemars dont tu n'auras pas à t'inquiéter.

Elle se retourna et essaya de se redresser en poussant un cri de douleur. Sa main se porta instinctivement à sa tête.

— Est-ce qu'ils m'ont frappée à la tête ou quelque chose comme ça ?

Elle gémit et réalisa que les plaintes qu'elle avait entendues plus tôt venaient probablement d'elle. Comme c'était embarrassant !

S'aidant de ses bras puissants, il la soutint lentement contre les oreillers. Elle se sentit un peu mieux, mais il lui fallut un moment pour que le grondement dans son crâne s'arrête.

— Tu les as attrapés ?

Il poussa un demi-grognement.

Elle sourit en fermant les yeux.

— Bien sûr que tu les as attrapés.

Il n'y avait aucun doute là-dessus. Elle était ici avec lui.

— Je les ai capturés, et aussitôt, j'ai prévenu les policiers et le procureur. Robert était là quand ils les ont récupérés, pour s'assurer qu'on ne les perdrait pas à cause d'un flic véreux, et maintenant ils passent un accord avec lui.

— C'est en fait la meilleure chose que nous pouvions espérer, admit-elle avec un sourire. Est-ce que ça signifie qu'on peut rentrer à la maison désormais ?

Elle essaya de ne pas pleurnicher, mais elle n'avait pas envie de rester.

— Je n'ai vraiment pas envie de passer une autre nuit dans un hôtel, à craindre que quelqu'un s'y introduise.

— Puisque tu es réveillée, nous n'aurons pas à t'hospitaliser, j'espère. Tu es toujours aux urgences. Dès que le médecin aura donné son accord, je t'emmènerai au poste pour faire ta déposition. Ensuite, nous partirons.

Ses épaules s'affaissèrent un peu.

— C'est terrible. Je me disais que peut-être tu pourrais me prendre, me mettre dans le pick-up et me ramener à la maison.

Ses paupières s'abaissèrent lentement à l'idée de tous ces déplacements supplémentaires.

— Tout me fait mal.

— Le jeune affirme qu'il ne t'a pas frappée, que tu t'es cognée contre la fenêtre. Vous étiez probablement en train de vous battre.

— Si c'est le cas, j'ai dû me prendre le foutu loquet de la fenêtre dans le cerveau, marmonna-t-elle. Je n'ai même pas eu le temps de réagir. J'ai l'impression que mon monde est devenu noir tout de suite. Et s'ils m'ont assommée, pourquoi est-ce que tout est douloureux ?

Il sourit.

— Tu ne vas vraiment pas aimer cette partie.

Comme il ne reprenait pas la parole, elle finit par tourner légèrement la tête pour le fixer dans les yeux.

— Quelle partie ?

— C'étaient tous les deux des adolescents très maigres, pas un kilo de muscle à eux deux. Ils ont eu du mal à te soulever.

Elle le regarda avec indignation.

Il rit.

— Alors, je suis à peu près sûr qu'ils ont dû te laisser tomber sur les fesses pour changer de prise plusieurs fois. J'étais là quand ils ont essayé de te porter depuis la chambre et de descendre les escaliers. Ils ont dû se cogner quelques parties du corps en prenant des virages aussi.

Il gloussa.

— Et avant que tu ne poses la question, je n'avais aucune possibilité de t'éloigner d'eux sans te mettre plus en danger. La dernière chose que je voulais, c'était les faire fuir et que tu roules dans les escaliers au risque de te briser la nuque.

Elle haussa légèrement les épaules.

— Je comprends ça, mais bon sang…

Il s'esclaffa, se pencha et l'embrassa. Cette fois sur les lèvres.

— Je suis tellement content de te voir en vie et en bonne santé, déclara-t-il joyeusement. Même si je ne devrais pas t'embrasser parce que tu es la sœur de Jarrod.

— Pourrais-tu arrêter de toujours me mettre Jarrod dans la figure ? s'emporta-t-elle. Il n'est pas là et il n'a rien à voir avec nous.

— Tu en es sûre ?

Il la fixa de façon appuyée.

— C'est ton grand frère, et il tient à toi.

— Et tu es son ami, et tu tiens à moi aussi.

Elle sourit.

— C'est simplement que tu refuses de l'admettre.

Ses sourcils se haussèrent à ses mots.

— Bien sûr que je l'admets. Tu es la sœur de Jarrod.

Il avait parfaitement retourné la situation. Elle lui lança un regard noir.

— C'est tout ce que je suis pour toi ?

Il fronça les sourcils, son regard se détournant.

— Exactement. Alors, arrête avec cette excuse. Mon frère n'est pas là, et il n'est pas mon tuteur. Je suis une adulte. Je peux faire ce que je veux avec qui je veux.

— Et qu'est-ce que tu veux faire ? demanda-t-il en baissant la tête pour l'embrasser de nouveau.

— Pour l'instant, me sentir mieux.

Quand elle le put, elle chuchota :

— Et ça signifie obtenir du médecin la permission de partir, me rendre à ce foutu poste de police, faire ma déposition et rentrer à la maison.

Elle repoussa les couvertures et glissa ses pieds sur le sol. Avec plus de bravade que de force, elle se leva et s'accrocha à la barre du lit.

— Mais d'abord, je dois aller aux toilettes.

Instantanément, il fut à ses côtés et lui tendit la main. Elle l'accepta à contrecœur et, se servant de lui comme d'une béquille, se dirigea vers la salle de bain. Sur le seuil de la porte, il s'arrêta et haussa un sourcil en la toisant. Elle secoua légèrement la tête.

Même ce petit mouvement la fit grimacer.

— Ça va aller.

— Tu iras bien même si ce n'est pas le cas parce qu'il est hors de question que tu demandes de l'aide, n'est-ce pas ?

— C'est vrai.

Et elle lui ferma la porte au nez.

— TÊTUE, S'EMPORTA-T-IL.

De l'autre côté de la porte, elle répondit :

— Oui, il faut s'y habituer.

Il branla du chef.

— Pas moyen de s'y habituer, répliqua-t-il.

Il entendit le grognement étouffé provenant de l'intérieur de la salle de bain et grimaça.

Il sortit son téléphone pour vérifier ses messages, en se demandant s'il devait dire quelque chose à Jarrod au sujet de l'enlèvement de sa sœur. Mais celui-ci était en mission, hors de portée. Pourtant, ce serait bien. Au moins, il serait au courant. Prenant une décision soudaine, il trouva le numéro de son ami et lui envoya un SMS.

Ta sœur a été attaquée. Elle va bien. On s'en occupe.

Il reçut une réponse instantanée.

Quoi ? Assurez-vous d'attraper ce trou du cul.

Rhodes rit.

Je l'ai déjà fait. Au moins deux d'entre eux.

Elle va vraiment bien ? Tu montes la garde ? Je sais ce qu'elle représente pour toi. Il était impossible de ne pas le voir.

Rhodes grimaça à la lecture de cette dernière ligne. Était-ce vraiment si évident ? L'attirance avait toujours été forte. Il était facile de s'éloigner lorsque c'était une adolescente dégingandée – complètement hors limites. Mais aujourd'hui, les choses avaient changé, et les repères avaient bougé. Rien ne les empêchait d'avoir une relation, si ce n'était le sentiment qu'elle était toujours hors de portée. Elle était la sœur d'un de ses meilleurs amis.

Vraiment, il devrait recevoir une putain de récompense pour s'être bien comporté ici. Il n'avait rien tenté. Et il avait conscience que beaucoup de gars ne s'en seraient pas privés.

C'est aussi ta sœur, lui rappela Rhodes. **J'ai toujours honoré ça.**

Ne sois pas stupide. Sienna a le droit de commettre ses propres erreurs et d'aller chercher ce qu'elle veut. S'il se trouve que c'est toi, alors bienvenue dans la famille, au moins temporairement. Si ce n'est pas toi, désolé. Mais il y a une constante. Si tu la poursuis et que tu la blesses, je te poursuivrai.

Au moins, après ce message, il y avait un petit smiley heureux pour faire savoir à Rhodes que, même si Jarrod n'apprécierait pas qu'il blesse sa sœur, il y avait au moins une certaine compréhension des relations. Il aimait le double standard, où il était acceptable pour Sienna de le blesser, mais où, s'il se retournait et la blessait, eh bien, il aurait à répondre de ses actes auprès de Jarrod. Rhodes savait cependant que s'il avait une petite sœur, il serait pareil. Maintenant qu'il pensait aux hommes très bien avec lesquels il travaillait, il réalisait qu'une petite sœur aurait de la chance d'être avec l'un d'entre eux. Aucun d'eux ne prenait une liaison à la légère, aucun ne faisait délibérément de mal à une femme, et aucun n'en frappait jamais une. Il était bon d'avoir conscience que même vos amis vous lyncheraient si vous envisagiez ne serait-ce que d'abuser de quelqu'un.

La porte s'ouvrit derrière lui, et il se retourna. Sienna fit le premier pas en avant, et Rhodes lui donna un coup de main. Qu'elle se soit pincé les joues ou qu'elle soit simplement plus en forme, la couleur de sa peau était revenue, et elle se tenait debout.

— Tu as l'air d'aller mieux.

— Je me sens mieux.

Elle marcha lentement jusqu'au lit et s'assit sur le bord.

— On peut partir maintenant ?

— Laisse-moi trouver un médecin, dit-il. Je vais voir s'il accepte que tu sortes.

Elle haussa les sourcils.

— Permets-moi de reformuler cela. Je pars. Tu viens avec moi ?

Il s'arrêta et la regarda fixement.

— Tu n'aimes vraiment pas l'autorité, n'est-ce pas ?

— Je trouve que lorsqu'on formule une question de la mauvaise façon, cela donne aux gens la possibilité de mal l'interpréter, indiqua-t-elle. Je ne suis pas une urgence. J'occupe un lit. Je ne suis plus inconsciente et je me sens beaucoup mieux. Oui, j'ai une blessure à la tête, mais avec un comportement prudent et un endroit calme pour me reposer, nous savons tous les deux que j'irai mieux. Et je n'ai pas envie d'être ici. J'ai été kidnappée une fois. Ne leur donnons pas l'occasion de m'attraper de nouveau.

Elle pivota et étudia la pièce.

— Je suis couverte de sang et je ne vois pas mon sac à main. Tu sais si je suis venue avec mes effets personnels ?

— Ton sac est ici.

— Oh, c'est bien ! Ces fichues cartes auraient été si pénibles à remplacer. On aurait pu penser qu'on en serait arrivé à avoir des puces d'identification sous la peau ou quelque chose comme ça.

Il rit, passa la main sous le lit et en sortit un sac en plastique. Il le posa sur le matelas.

— Ce sont tes affaires.

Elle saisit son sac à main et en sortit sa brosse à cheveux. Elle vérifia que son portefeuille et son contenu étaient bien là, et passa le tout sur son épaule, avant de se coiffer rapidement les cheveux, qui s'accrochèrent au sang séché qui s'y trouvait.

— Allons-y.

Elle le dépassa et se dirigea vers la réception.

Elle y remit sa carte d'assurance et attendit que la paperasse soit remplie. Lorsqu'elle se retourna, papiers et reçus en main, il lui tendit la sienne pour la soutenir. Au lieu de passer son bras dans le sien, elle glissa sa main dans la sienne, et ils croisèrent leurs doigts.

— On peut rentrer à la maison maintenant ?

— Le commissariat d'abord, si tu es d'accord.

Elle acquiesça.

— Faisons vite.

Ce fut rapide, mais cela prit tout de même plus d'une heure. Alors qu'il l'aidait à remonter dans le pick-up, il trouva l'ordinateur portable du procureur qu'il avait caché la veille. Merde !

— Robert, elle est sortie de l'hôpital, mais elle est un peu dans les vapes. Et j'ai trouvé votre ordinateur portable dans le véhicule. Je l'ai raté tout à l'heure.

— Pouvez-vous le ramener avant de partir ?

— Oui, c'est possible.

Il contourna le pick-up, monta du côté conducteur et démarra le moteur.

— Le procureur souhaite que je lui remette son ordinateur portable. Ensuite, nous pourrons partir.

— Parfait.

Et comme si elle se lavait les mains de toute cette histoire, elle se recroquevilla dans le fond de son siège et posa sa tête contre la vitre. Puis elle ferma les yeux.

Il avait envie de se précipiter à l'hôpital. Il comprenait qu'elle ne voulait pas rester là, mais elle n'avait pas l'air d'être assez forte pour s'en aller non plus. La courte marche à l'extérieur avait suffi à l'achever.

— Tu souhaites rester en ville ou tu es prête pour la longue route du retour ?

— Je dormirai en chemin, répondit-elle. C'est exactement ce dont j'ai besoin en ce moment.

Il était difficile de contester cela. Il se gara devant le bâtiment du procureur et déclara :

— Je ne veux pas te laisser seule ici.

Elle ouvrit les yeux et se tourna vers le bâtiment, puis vers lui. Avec un lourd soupir, elle acquiesça.

— Non, je ne peux pas dire que j'ai envie d'être seule non plus en ce moment. Mais monter jusqu'au bureau du procureur… eh bien, ça me semble un peu trop prétentieux.

Toutefois, elle ouvrit la portière et sortit lentement. Il ouvrit la cabine allongée, sortit l'ordinateur portable, puis verrouilla les portes. Il s'approcha d'elle et lui suggéra :

— Attrape mon bras. Nous allons prendre l'ascenseur tout droit.

Ils entrèrent et se dirigèrent vers celui-ci. Lorsqu'ils arrivèrent au bureau du procureur, elle avait encore l'air un peu faible. Mais dès qu'ils pénétrèrent dans le bureau et que les gens la dévisagèrent, son dos se raidit, et sa prise sur son bras se contracta. Elle avait du cran. Il aimait cela.

Robert se précipita vers elle.

— Comment vous sentez-vous ? Je suis vraiment désolé que nous vous ayons impliquée dans cette affaire.

— Ce n'était pas vraiment le point culminant de ma

journée, plaisanta-t-elle avec un faible sourire. Mais vous ne pouviez pas non plus savoir qu'ils s'en prendraient à moi.

Rhodes posa l'ordinateur portable près de la boîte de dossiers.

— Tout ce qu'elle a trouvé est toujours là, et bien sûr, traçable. Et les documents que j'ai livrés plus tôt.

Le procureur leur serra la main et déclara :

— J'apprécie vraiment. Je suis sincèrement désolé de ce qui s'est passé.

Il leur proposa une chaise.

— Voulez-vous une petite tasse de café ? Je peux vous apporter quelque chose ?

Il s'apprêta à refuser, mais Sienna répondit :

— Un café, ce serait bien.

Il la regarda et vit qu'elle était déterminée à rendre cette visite aussi normale que possible. D'ailleurs, la caféine lui ferait du bien. Aucun d'entre eux n'en avait bu au cours des dernières heures.

Le procureur s'adressa à quelqu'un à l'extérieur de la pièce. Il les dirigea vers les chaises de la salle de conférence, autour de la longue table. Ils discutèrent de l'affaire pendant plusieurs minutes autour d'un kawa.

— Grâce aux informations que nous avons obtenues des jeunes kidnappeurs, nous sommes en mesure de remonter jusqu'à ceux qui les ont engagés. Je suis vraiment désolé que tout cela ait coûté si cher.

Rhodes acquiesça en silence.

Parfois, c'était la merde. Et alors, quelle autre option que de chercher du papier toilette ?

Chapitre 10

ÊME SI ELLE détestait l'admettre, elle ressentait les effets de son enlèvement. Elle ne savait pas combien de temps elle était restée à l'hôpital, mais lorsqu'elle vérifia l'heure et vit qu'il était presque 16 heures, elle réalisa à quel point la journée allait encore s'allonger.

Mais elle avait été honnête lorsqu'elle avait prétendu qu'elle dormirait probablement pendant la plus grande partie du trajet. Elle commençait aussi à avoir faim. C'était peut-être bon signe. Elle craignait toutefois que si elle mangeait quoi que ce soit, cela remonterait tout de suite.

Ils burent une deuxième tasse de café et continuèrent à passer en revue les informations qu'ils avaient trouvées. Elle apprit également que les jeunes qui l'avaient kidnappée avaient passé un accord avec le procureur. Cela ne lui posait pas de problème. Ce qui lui importait le plus, c'était de mettre la main sur ceux qui étaient au-dessus d'eux. Ce qu'elle ne voulait pas, c'était que quelqu'un s'en prenne de nouveau à elle.

Trente minutes plus tard, le procureur se leva et déclara :

— Nous vous sommes très reconnaissants, Sienna. Je vais vous laisser partir. Le bureau ferme aussi dans quelques minutes.

Une alarme retentit dans le bâtiment.

Elle posa rapidement sa tasse et se mit debout. Elle porta

la main à sa tête, car le mouvement soudain lui fit ressentir de nouveau le martèlement intérieur.

— Qu'est-ce que c'est que ça ? demanda-t-elle.

Elle tendit immédiatement la main vers Rhodes qui l'entoura de son bras et la serra contre lui.

Il regarda le procureur et demanda d'une voix dure :

— Que signifie l'alarme ?

L'expression du procureur était choquée, déconcertée.

— Je ne crois pas l'avoir déjà entendue, mais il s'agit d'un verrouillage.

— Un verrouillage ? répéta-t-elle d'une voix faible. C'est-à-dire qu'on ne peut pas partir ?

Il acquiesça. Sa main se dirigea immédiatement vers le téléphone. Il le décrocha et appela les vigiles. Il y eut un bref échange.

— La sécurité dit qu'une menace viable a été signalée par l'un des autres bureaux. Ils s'excusent, mais le mode verrouillage est nécessaire jusqu'à ce que je puisse vérifier ce qui se passe.

— Ne serait-il pas préférable que nous soyons tous autorisés à partir en premier ? l'interrogea-t-elle.

Le dernier endroit où elle souhaitait se trouver était celui-ci.

Mais Rhodes fut très clair.

— La seule raison pour laquelle ils ne nous laisseront pas nous en aller est qu'ils ont peur que cette personne s'échappe avec la foule.

Sa voix s'éteignit alors qu'il réfléchissait à ce que cela impliquait. Il observa le procureur, puis à l'extérieur.

— Rappelez la sécurité et voyez si cette personne retient quelqu'un en otage dans le bâtiment.

Le procureur décrocha immédiatement le téléphone et

contacta les vigiles.

— C'est le procureur. J'aimerais plus de détails. Plus précisément, je veux savoir exactement quelle est la menace actuelle.

Il resta figé ; sa voix ne changea pas, mais son regard se porta immédiatement sur Rhodes.

— Un seul tireur ou deux ?

Après quelques mots durs, il raccrocha.

— Deux hommes armés ont été aperçus à l'étage inférieur. La sécurité a été prévenue par quelqu'un qui les a vus dans l'ascenseur. Les trois niveaux inférieurs ont été vidés de leurs employés. Il ne reste plus que nos agents de sûreté. Nous sommes au cinquième étage. Les types armés ont été repérés au quatrième. Aucun signe d'eux maintenant. De plus, il n'y a eu aucun contact avec eux ou de leur part.

Sienna se rassit lentement.

— C'est après moi qu'ils en ont ?

Elle fit un signe de la main vers la boîte de matériel posée sur la table.

— Ou après les informations que vous détenez ?

— Les deux prisonniers, les gamins, ont été emmenés au poste de police tout à l'heure. Ils sont partis il y a peut-être une heure. Mais nous avons opéré en cachette. Simplement au cas où… précisa le procureur. Si c'est eux qu'ils veulent, ils n'ont pas de chance. Si, par contre, ils en ont après moi, ou même après vous deux… ce n'est pas très bon pour nous.

Elle jeta un coup d'œil à Rhodes.

— Es-tu armé ?

Il secoua la tête.

— J'ai des armes enfermées dans le pick-up.

— Il n'aurait pas été autorisé à les faire entrer dans le bâtiment, argua Robert. Notre système de sécurité ne l'aurait pas laissé passer le détecteur de métaux s'il avait été armé.

— Eh bien, il semblerait que votre système soit défectueux, s'emporta-t-elle. Apparemment, nous avons deux hommes armés à l'étage inférieur, alors que les gentils n'ont pas le droit de porter des flingues pour se défendre.

Elle pencha la tête en arrière et se frotta doucement le visage.

— Je savais que nous n'aurions pas dû entrer.

Il n'y avait pas grand-chose à lui dire. Rhodes tendit sa main vers le bas et saisit la sienne.

— Tout ira bien.

Elle ouvrit les yeux et le fixa.

— Comment peux-tu affirmer ça ?

— Parce que je vais te sortir de là.

Il considéra le procureur.

— Tous les deux, vous êtes des cibles.

Il jeta un coup d'œil à la caisse contenant la paperasse et l'ordinateur portable.

— Avez-vous un endroit où les mettre en sécurité ?

Robert se leva d'un bond, se dirigea vers les classeurs situés sur le côté et ouvrit celui du bas. Il y plaça l'ordinateur portable, sortit les papiers de la boîte et en remplit le tiroir. Il le verrouilla, empocha les clés et laissa la caisse vide avec le couvercle sur la table.

Rhodes les poussa vers la porte, et ils traversèrent rapidement la série de bureaux.

Sienna jeta un coup d'œil autour d'elle.

— On dirait que la plupart des gens sont déjà partis.

— Les bureaux ont fermé il y a quelques minutes.

— Dans ce cas, peut-être que les tireurs n'attendaient que cela.

Ils n'auraient pas dû rester pour le café.

Pourtant, il était trop tard. Comme une grande partie de sa vie. Elle n'arrivait pas à croire qu'elle était dans cette situation. On était en mesure de dire qu'elle était passée d'une situation de merde à une situation de merde. Pourtant, elle avait confiance en Rhodes. Il l'avait déjà sauvée une fois, elle avait conscience qu'il le ferait de nouveau.

Mais c'était beaucoup de pression à mettre sur un seul homme. Et peu importe la qualité de chacun à un moment donné, la chance tournait un jour ou l'autre.

CE N'ÉTAIT PAS la fin de la journée qu'il avait prévue. Ce n'était même pas l'après-midi qu'il espérait. Ils auraient dû partir. En réalité, elle aurait dû rester dans le véhicule, et il aurait pu redescendre après avoir livré la boîte. Mais le monde était fait de « j'aurais dû ». Maintenant, ils étaient coincés dans le bâtiment avec des hommes armés. Et il était impossible que ces types n'en aient pas après Sienna, Robert, ou les deux.

Il regrettait de ne pas avoir ses flingues. Il aurait déjà éliminé ces deux gars. Et la sécurité de Sienna était primordiale. Il avait besoin d'une arme, ce qui signifiait qu'il devait en prendre une aux terroristes. Il ouvrit la porte du couloir et interpella Robert à voix basse :

— Combien y a-t-il de sorties ?

— Il y a les escaliers et un ascenseur de service. Plus les trois principales.

— Où est l'ascenseur de service ?

— On ne peut pas y accéder d'ici. Il faut aller à l'étage inférieur. C'était un ajout pour faire une terrasse sur le toit et Dieu seul le sait, un jardin, je suppose. Ils ont décidé de le fermer pour y installer des bureaux. L'ascenseur de service ne va donc qu'au quatrième.

Rhodes se retourna et le regarda.

— Nous devons emprunter les escaliers ou l'ascenseur pour descendre d'un niveau afin de prendre l'ascenseur de service ?

Robert acquiesça.

C'était l'idée la plus stupide de toutes les idées stupides. Mais Rhodes avait certainement entendu bien pire. Les projets de développement rencontraient des problèmes de construction, tous recouverts d'une jolie couche de cloisons sèches et de peinture.

— Peut-on nous enfuir en toute sécurité ? demanda Sienna derrière lui.

— La seule chose sur laquelle tu peux compter, c'est que s'ils te cherchent, ils procéderont pièce par pièce. Si nous restons ici, ils finiront par nous trouver.

— Je vote pour l'évasion, intervint Robert.

— Moi aussi, renchérit Sienna. Je n'ai pas l'intention de rester ici comme du bétail qui va à l'abattoir. S'ils veulent un morceau de moi, ils devront lutter pour l'obtenir.

Même s'il aimait son attitude, elle n'avait pas assez d'énergie pour mettre ses menaces à exécution.

— S'ils ne sont que deux, ils ne sont pas en mesure de couvrir tous les ascenseurs et les escaliers. Si nous avons la chance d'en voir un seul, je l'éliminerai et je prendrai son arme. Cela équilibrera un peu les chances. L'objectif est de descendre les escaliers aussi longtemps que possible. Vous êtes prêts ?

Il pivota et les considéra tous les deux. Après avoir reçu un signe de tête de chacun, il ouvrit plus grand la porte du couloir et se glissa à l'extérieur. Silencieusement, il désigna la cage d'escalier à gauche. Il s'y précipita et poussa la porte. Ils étaient juste derrière lui.

Aucun bruit ne provenait d'en bas. Il prenait un risque, mais ils n'avaient pas beaucoup d'options. Se déplaçant aussi silencieusement que possible, les trois descendirent une série de marches. Toujours personne. Plutôt que d'essayer de trouver un ascenseur, étant donné que Sienna était encore assez forte pour continuer à franchir les trois autres étages, il les fit avancer, et ils atteignirent le troisième, le deuxième et le premier.

Quelque chose en lui suggérait que c'était bien trop facile. Au rez-de-chaussée, il s'arrêta, observa à travers la vitre de la porte, et vit l'un des gardes de sécurité qui tenait une arme et qui serait normalement le dernier à partir après avoir effectué une vérification complète du bâtiment.

Merde ! C'était un complot interne. Robert jeta également un coup d'œil à ce qui se trouvait derrière la lucarne. Son regard s'élargit, et il secoua la tête. Il plaça immédiatement son doigt sur ses lèvres et leur fit signe de continuer à descendre au niveau du parking. Ils devaient trouver un endroit où ils seraient en mesure de se cacher.

Au moins, là, il y aurait des véhicules. Il ne restait plus qu'un étage. Il fit attention en espionnant par la vitre de la porte. Il ne remarquait personne. Prenant le risque, il l'entrouvrit légèrement. Aucune alarme ne se déclencha.

Il l'ouvrit complètement et fit signe aux deux autres de le précéder. Ils se précipitèrent immédiatement vers le premier véhicule et s'accroupirent à ses côtés. Comme il ne voyait personne monter la garde, il les rejoignit. Il ne savait pas comment fonctionnait le réseau souterrain ici, mais il devait y avoir une sorte de porte par laquelle on pouvait entrer et sortir. Ils devaient toutefois d'abord l'atteindre. En arrière-plan, il entendit quelque chose qui lui glaça le sang.

— La porte vient-elle de s'ouvrir ? cria quelqu'un, trop près de lui.

La réponse vint du côté opposé, sur sa droite.

— Je n'ai vu personne partir.

Sur la gauche, quelqu'un prit de nouveau la parole.

— Tu étais censé rester là et garder l'œil ouvert pour t'assurer que personne ne s'échappe.

— C'est ce que je faisais, tu t'en souviens ? Puis il m'a envoyé vérifier la rampe. Pour veiller à ce que personne n'entre ou ne sorte.

La voix de l'homme était frustrée.

— Je ne peux pas tout surveiller. Qu'est-ce que tu fous ?

Il n'y avait que le silence à la gauche de Rhodes.

Il avait conscience que l'homme était en mouvement. Il fit signe aux autres de rester en position basse contre le véhicule. Il jeta un coup d'œil à l'arrière de la voiture, l'oreille tendue, écoutant attentivement. Il pouvait entendre des pas approcher. Désireux d'éloigner le tireur de Sienna et de Robert, il contourna le véhicule pour l'intercepter.

— Qu'est-ce que…

Un coup solide à la gorge, et l'agresseur s'écroula à genoux. Rhodes le rattrapa alors qu'il basculait vers l'avant et accompagna lentement sa chute sur le sol. Il retira l'arme semi-automatique de son épaule et la glissa sur la sienne.

Il se faufila jusqu'à l'avant de la voiture et s'accroupit tranquillement à côté de Robert et Sienna.

— Hé, Jimmy, c'est toi ?

Bon sang. Rhodes avait espéré avoir une minute de répit avant que l'autre gars ne se rende compte que son ami ne répondait pas. Mais il avait une arme maintenant.

Au son des pas de course, il se blottit à l'avant du véhicule et attendit. S'il parvenait à abattre ces deux connards, cela donnerait à l'équipe du SWAT une chance d'entrer. Ils avaient besoin d'un accès dégagé au bâtiment.

Il pouvait constater que Robert avait sorti son téléphone pour envoyer un texto, probablement afin d'alerter la police. C'était bien beau, mais Rhodes voulait que ces deux-là sortent d'ici avant que le sang ne coule.

— Jimmy ?

Silence.

Les muscles de Rhodes se tendirent pendant qu'il patientait. Les pas du second tireur ralentirent, et Rhodes entendit le déplacement de l'arme dans ses mains. Mais il n'appela plus son acolyte. Rhodes discerna les pas du tireur qui se rapprochaient, et il les compta dans sa tête. Trois. Deux. Un. Il se leva et tira. Un seul coup. Le deuxième tireur tomba, son arme s'écrasant sur le sol.

Rhodes se précipita et dégagea le second flingue d'un coup de pied. Le gars avait reçu une balle dans le haut de l'épaule, mais il était inconscient et saignait abondamment. Il traîna l'homme armé jusqu'à ce qu'il rejoigne son ami, puis il revint en arrière et ramassa la deuxième arme. Se servant de son épaule comme d'un harnais, il la jeta sur son dos et avança vers Robert et Sienna.

— Ce sont les deux qui montaient la garde ici, déclara-t-il. Venez, nous allons nous diriger vers la rampe. S'ils sont à terre, cela laisse aux forces de l'ordre un moyen d'entrer.

Il les conduisit rapidement à travers les rangées de véhicules garés jusqu'à la sortie. Devant lui, il pouvait voir un seul bar de l'autre côté de la route. Au moins, il n'y avait pas de barrière du sol au plafond à l'entrée. Ils devraient être en mesure de sortir sans problème.

Il les fit reculer au moment où ils s'apprêtaient à monter.

— Nous devons être prudents, au cas où un tireur d'élite

se trouverait à l'extérieur.

Ils se figèrent tous les deux.

Sienna le dévisagea.

— C'est possible ?

Il lui lança un regard et dit :

— Aurais-tu pensé que ce bâtiment soit pris d'assaut par des hommes armés ? C'est probable ?

Robert passa un coup de fil.

— Nous sommes libres dans le parking. Nous avons assommé deux hommes armés qui surveillaient l'entrée. Nous nous tenons près de la rampe. Nous ne sommes pas sûrs qu'il n'y ait pas de tireurs d'élite pour nous empêcher de fuir. Les véhicules peuvent entrer ici. C'est dégagé.

Et il raccrocha.

Deux minutes plus tard, un véhicule du SWAT déboula dans le parking souterrain. Plusieurs soldats en sortirent et se précipitèrent vers eux, armes braquées. Rhodes leva les mains. Robert s'avança et expliqua rapidement.

Même s'il n'y était pas disposé, parce qu'ils n'étaient pas encore libres, Rhodes rendit rapidement les flingués confisqués. Ils furent conduits en groupe à l'extérieur, au niveau de la rue. Là, ils furent rapidement déplacés vers l'endroit où la police avait installé un centre de contrôle.

Sienna s'accrocha au côté de Rhodes. Ils furent prestement contrôlés, et, quand il se retourna, Robert avait disparu.

Comprenant que le SWAT se concentrerait sur le bâtiment, il tira Sienna vers l'arrière pour la mettre à l'écart et demanda :

— Tu as envie de te faufiler et de sortir d'ici ?

Elle leva les yeux vers lui, reconnaissante.

— On peut ?

Elle lui montra la façade du bâtiment.

— Ce n'est pas là que tu t'es garé ?

Il regarda le véhicule, puis le chaos environnant. Il prit une décision rapide.

— Reste ici.

Et il se précipita vers le pick-up.

Chapitre 11

ELLE VOULAIT LE rappeler, mais avait conscience que cela ne servirait à rien. Il était déjà en route. De plus, ils avaient besoin du véhicule. Mais elle n'était pas sûre que les forces de l'ordre le laisseraient prendre le pick-up et partir. Ils allaient probablement l'abattre d'abord et poser des questions ensuite. Dans des moments comme celui-ci, c'était la folie dehors.

Néanmoins, agissant comme un homme qui savait exactement ce qu'il faisait, il se dirigea vers le véhicule, le déverrouilla, grimpa à bord, le démarra et le conduisit vers l'avant, jusqu'à l'angle de la rue. Plusieurs policiers convergèrent alors vers lui. Lorsqu'il expliqua rapidement qui il était, ils le laissèrent passer. Il s'arrêta à côté de Sienna et ouvrit la vitre.

— Monte.

Elle n'eut pas besoin d'une seconde incitation. Elle courut jusqu'à l'autre côté, ouvrit la portière du passager et s'installa. Ils se mirent en route avant qu'elle n'ait bouclé sa ceinture de sécurité.

— Devons-nous dire à quelqu'un que nous partons ?

— Envoie un message à Levi et demande-lui d'informer Robert de notre départ. Ou mieux encore…

Il sortit son téléphone et le lança vers elle.

— Trouve le numéro de Robert dans les contacts et envoie-lui un texto.

Elle s'exécuta. La réponse ne se fit pas attendre. Il déclara :

Merci pour la mise à jour. Et encore plus pour le sauvetage. Je vous en dois une.

Elle rit.

— Il y a bien pire que le procureur qui vous doit une faveur.

Elle jeta un coup d'œil autour d'elle tandis qu'il conduisait le pick-up dans les rues de la ville.

— Devrions-nous rester pour une déposition ?

— Tu veux rester ? Je pensais que tu souhaitais rentrer.

— Je souhaite rentrer et y rester, renchérit-elle. Toutefois, si nous devons revenir pour faire une déposition, il n'y a aucune raison de partir maintenant.

Elle s'assit, frustrée.

— Mais il se peut que la question ne soit pas réglée avant des heures.

Elle lança un regard rapide à l'heure et ajouta :

— Il est presque 18 heures. Et nous nous y sommes déjà rendus une fois aujourd'hui.

— On peut aller au commissariat et faire quelque chose tout de suite si tu veux.

— C'est une option.

Elle voyait qu'il hésitait. Bien sûr, il tourna au coin de la rue, puis à plusieurs autres.

Ils s'arrêtèrent devant le poste de police.

— Entrons et accomplissons notre devoir de citoyens, déclara-t-il calmement. Après ça, soit on va dîner et s'installer à l'hôtel, soit on retourne à la maison. C'est toi qui décides.

Mais ce ne fut pas si simple. Le temps qu'ils entrent et parlent à quelqu'un, et que cette personne se rende compte qu'ils étaient en réalité dans le bâtiment, qu'ils étaient impliqués dans le désordre qui régnait dans le centre-ville, ils furent rapidement conduits dans une pièce où on leur intima d'attendre. Plusieurs agents les rejoignirent et posèrent des questions ; des preuves d'identité furent remises. Enfin, l'homme à qui ils avaient parlé plus tôt arriva et s'assit.

— Rhodes, c'est un plaisir de vous revoir.

Il lui serra la main et tourna son regard vers Sienna.

— Maintenant, jeune fille, comment se fait-il que vous étiez de nouveau l'une des cibles potentielles ?

Elle jeta un coup d'œil à Rhodes, puis au grand gaillard.

— Même raison que la dernière fois. J'aidais le procureur à rassembler des informations pour une affaire. Mais j'ai été kidnappée et je viens de sortir de l'hôpital. Nous avons déposé l'ordinateur portable du procureur sur lequel je travaillais. C'est là qu'on a découvert que le bâtiment avait été pris d'assaut.

— Vous avez passé une journée de merde, n'est-ce pas ?

Elle rit.

— C'est une façon de considérer les choses.

Après cela, on lui posa une série de questions. Elle donna les détails dont elle se souvenait. Plusieurs fois, elle se contenta de dire :

— Vous devrez interroger le procureur à ce sujet.

Lorsqu'elle eut enfin terminé son interrogatoire, l'homme se tourna vers Rhodes.

— Si j'ai bien compris, vous avez une vision très différente de ce qui s'est passé. Reprenons depuis le début.

Sienna s'effondra dans son fauteuil et ignora la plupart des conversations qui se déroulaient autour d'elle. Elle aurait dû rester à l'hôpital. Au moins, elle s'y reposerait en ce moment. Elle se sentait de nouveau dans les vapes.

Tout ce qu'elle voulait, c'était dormir. La tête battante, le corps encore plus douloureux, elle se rendit compte qu'un hôtel serait la meilleure solution pour ce soir. De plus, il semblait qu'ils n'arriveraient pas à destination de sitôt. Elle jeta un coup d'œil à sa montre et remarqua qu'il était bien plus de 20 heures.

Elle ferma les yeux. Elle essaya de faire taire ses pensées.

— Partons, maintenant.

Rhodes se leva.

— Elle n'est sortie de l'hôpital qu'un peu avant 15 heures et s'est retrouvée mêlée à ce bordel au centre-ville dans l'heure qui a suivi, relata-t-il à l'inspecteur. Je vais l'emmener à l'hôtel et lui donner à manger. Elle a besoin de s'allonger.

L'inspecteur se mit debout.

— Restez dans les parages, s'il vous plaît. Je ne sais pas dans combien de temps nous pourrons lever le périmètre de sécurité, mais nous aurons probablement d'autres questions à vous poser. Et je comprends que votre domicile se trouve à quelques heures de route. Vous n'avez pas envie de parcourir tout ce chemin pour revenir.

Il lança une œillade à Sienna, qui tremblait à présent, mais qui se tenait vaillamment sur ses jambes et s'accrochait à la table.

— Tu dois te reposer.

Elle laissa échapper un demi-rire.

— Je crois que c'est ce que j'ai essayé de faire depuis que j'ai quitté l'hôpital.

Rhodes s'approcha et passa son bras autour de ses épaules.

— Si vous avez une carte, je vous appellerai de l'hôtel.

L'inspecteur en sortit immédiatement une de son porte-feuille et la lui tendit.

— Envoyez-moi un message. Assurons-nous que vous ne disparaissiez pas du réseau pour la troisième fois.

Sienna le dévisagea, choquée.

— S'il vous plaît, ne plaisantez même pas avec ça.

Elle se dirigea vers la porte, mais celle-ci lui parut soudain très éloignée. Même avec le bras de Rhodes autour de ses épaules, elle sentit la pièce tourner.

— Je… murmura-t-elle.

Elle s'arrêta et s'agrippa à la chaise pour se soutenir. Elle jeta un coup d'œil à Rhodes.

— Je suis désolée.

Elle enregistra son regard de surprise alors que ses genoux s'affaissaient.

Il la souleva rapidement dans ses bras et dit :

— OK. On retourne à l'hôpital.

Avec ses dernières forces, elle murmura :

— Non. Pas d'hôpital. Seulement un hôtel. Laisse-moi simplement un lit pour que je puisse m'allonger.

LE DÉTECTIVE MARCHANT à ses côtés et tenant les portes de son pick-up ouvertes, Rhodes porta Sienna avec précaution dans ses bras.

— Tu es sûre de ne pas vouloir être emmenée à l'hôpital ?

Le policier utilisa les clés de Rhodes et déverrouilla la portière.

— Les blessures à la tête sont délicates.

Rhodes acquiesça :

— Malheureusement, je ne le sais que trop bien.

Il la plaça soigneusement sur le siège et l'attacha. Il se retourna, remercia l'inspecteur et reprit ses clés. Il ferma la portière du passager et se dirigea vers le côté conducteur.

— J'ai besoin d'un endroit où je peux la porter dans la chambre sans déclencher d'alarme. Une idée ?

— Plusieurs motels à environ six kilomètres sur la route. Sur la droite.

— C'est parfait.

Rhodes monta dans la voiture et mit le moteur en marche. Après avoir vérifié la circulation, il continua à descendre la même rue. Il se faisait tard, et la nuit tombait. Il ne voulait pas se trouver à proximité du désordre qui régnait dans le centre-ville. À l'heure qu'il était, ils devraient avoir sécurisé tous les tireurs, mais il ne comptait pas là-dessus. Souvent, ils se contentaient d'attendre et de voir ce que les tireurs faisaient. Cela dépendait du nombre d'otages qu'ils avaient. Pour l'instant, ils ne détenaient ni Sienna ni Robert, et pour cela, il était heureux d'avoir pris la décision de se retirer.

La vie ne se déroulait pas toujours de cette façon.

Il y avait plusieurs motels, comme l'avait décrit l'inspecteur. Rhodes se gara sur le parking de l'un d'entre eux et s'apprêta à éteindre le moteur, mais son instinct le poussa.

Quelles étaient les chances que quelqu'un ait pu les entendre ou que le policier ne soit pas honnête ? Soupçonneux de nature, il préférait se méfier.

Il s'engagea de nouveau sur la route principale et trouva un autre motel de l'autre côté, à environ deux pâtés de maisons. Il y entra. Laissant Sienna enfermée dans le véhicule, il réserva une chambre au rez-de-chaussée. La clé et le reçu en main, il se rendit à l'autre bout de la rue et stationna devant la chambre dont le numéro figurait sur la clé.

— Parfait, marmonna-t-il dans son souffle. Maintenant,

au tour de Sienna.

Il sortit du pick-up et déverrouilla la chambre, puis revint pour la détacher avec précaution. Il la souleva dans ses bras et la porta dans la chambre jusqu'à l'allonger sur le grand lit. Il n'y avait pas de lits doubles à ce niveau, et il voulait pouvoir sortir rapidement en cas de besoin. Ils devaient donc partager un seul lit. Vu l'état dans lequel elle était, elle avait seulement besoin d'être à l'aise.

Après une autre sortie, il ramena leurs bagages et le panier de pique-nique. Il ferma rapidement le véhicule et la porte de la chambre derrière lui. Ils avaient besoin de manger, du moins lui. Il fallait qu'elle dorme aussi longtemps que possible. Mais quand elle se réveillerait, elle serait affamée. Il restait encore un peu de la nourriture de voyage d'Alfred. Mais elle n'avait pas l'air d'être très fraîche.

Il ouvrit les tiroirs de la table de nuit à la recherche de brochures sur les fast-foods des environs. Une pizzeria se trouvait de l'autre côté de la rue. Si nécessaire, il pourrait passer un petit coup de fil et se faire livrer. Peu lui importait la promiscuité de l'endroit, il ne quitterait plus Sienna ce soir.

Chapitre 12

ELLE SE RÉVEILLA plusieurs fois dans la nuit, et à chaque fois, elle sentit une main forte se tendre et lui cajoler le bras. À un moment donné, son bras était replié sous les couvertures, et la couette remontée jusqu'à son cou. Il réussit tout de même à la trouver et à lui donner une caresse rassurante.

— Dors. Tu es en sécurité.

Comprenant que Rhodes veillait, elle se laissa aller.

Lorsqu'elle émergea le lendemain matin, au lieu de se sentir fraîche et éveillée, son corps était lourd, résistant à tout mouvement. C'était la première fois qu'elle dormait complètement depuis l'enlèvement. C'était donc le lendemain de l'événement, et tout était douloureux. Elle devait aller aux toilettes, mais le simple fait de se tenir debout, sans parler de marcher aussi loin, rendait les palpitations encore plus pesantes et plus dures.

Elle se retourna légèrement et vit Rhodes endormi sur les couvertures à côté d'elle. Il était toujours habillé, en mode guerrier, simplement au cas où. Un géant endormi. Mais très mâle alpha quand il était éveillé. Et elle devait admettre qu'elle aimait cela. Elle resta allongée aussi longtemps que possible avant que son besoin ne devienne trop intense pour être ignoré.

Elle repoussa les couvertures, se glissa par-dessus et se

redressa. Elle reprit son souffle, et parvint à se rendre à la salle de bain. Elle souhaitait quelque chose pour soulager la douleur. Elle n'avait pas vraiment envie d'avaler quelque chose de chimique, mais bon sang, elle avait mal. Après avoir utilisé les toilettes, elle regarda la douche et s'interrogea. Elle n'était pas sûre de réussir à rester debout assez longtemps pour cela, mais un bain serait très agréable. Elle jeta un coup d'œil dans la chambre et constata que Rhodes faisait toujours la sieste.

Sa décision prise, elle remplit la baignoire d'eau chaude. Après s'être déshabillée, elle s'enfonça dans la chaleur. C'est alors qu'elle réalisa qu'elle n'avait pas que des coups, des bosses et des bleus. Il y avait plusieurs égratignures. Il lui fallut plusieurs instants pour se mordre la lèvre jusqu'à ce qu'elle sente qu'elle ne crierait pas. Enfin, elle s'allongea, totalement submergée, la chaleur l'enveloppant et pénétrant profondément dans ses muscles endoloris. C'était mieux ainsi. Elle espérait que cela lui donnerait la souplesse nécessaire pour se mouvoir plus facilement.

Utilisant le savon disponible, elle fit un rapide shampoing et se rinça, en prenant garde à sa blessure à la tête. Du sang séché restait dans ses cheveux, mais elle s'efforça d'en enlever la plus grande partie. Elle se trempa aussi longtemps qu'elle le jugea possible, puis évacua l'eau. Elle se leva, encore un peu chancelante, et attrapa une serviette. Séchée et enveloppée, elle retourna dans la pièce principale. Rhodes n'avait pas l'air d'avoir bougé. Elle était désolée qu'il ait passé une si mauvaise nuit à s'occuper d'elle. Une bonne nuit de sommeil était nécessaire à la guérison.

Elle prit son sac sur le côté, le posa sur une chaise et choisit des vêtements propres. Elle réussit à enfiler ses sous-vêtements, laissa tomber sa serviette et s'habilla rapidement.

Il faisait jour dehors, et elle avait très faim. Elle retourna dans la salle de bain et accrocha sa serviette. Pendant ce temps, elle se brossa les dents, et, se sentant prête à commencer la journée, retourna dans la chambre et trouva Rhodes assis dans le lit, ayant l'air plus alerte qu'elle ne l'avait jamais vu.

— Je suis désolée. J'espère que je ne t'ai pas réveillé.

Il se leva d'un bond et dit :

— Je n'ai pas dormi. Je somnolais par intermittence.

Il consulta sa montre, ouvrit son téléphone et passa un appel rapide.

Réalisant que c'était un coup de fil de routine, et espérant qu'il leur serait possible de rentrer chez eux, elle refit rapidement son sac et s'assit sur le lit pour l'attendre.

Lorsqu'il eut terminé, il se tourna vers elle.

— Robert veut savoir si nous pouvons nous retrouver pour le petit-déjeuner.

— Je suppose que tu as dit oui.

Elle fit un signe de tête vers le portable qu'il tenait dans sa main.

— D'autant plus que l'appel téléphonique est déjà terminé.

Il rit et la prit doucement dans ses bras.

— Je savais que tu ne voulais pas le revoir. Mais si nous devons prendre le petit-déjeuner de toute façon, autant combiner les deux.

Il l'étudia d'un œil critique, puis l'embrassa doucement sur la tempe.

— Tu as manifestement passé une bonne nuit. Tu as l'air d'aller beaucoup mieux.

— Tu as tout à fait raison à propos de mon désir de ne pas le retrouver. Mais si nous pouvons y aller, manger, puis partir…

Elle sourit.

— C'est le meilleur des deux mondes.

Elle s'interrompit, puis ajouta :

— Je suis affamée.

Il secoua la tête en attrapant son sac.

— Tu me presses uniquement pour qu'on arrive plus vite à la nourriture.

Elle afficha un sourire. Il chargea les bagages dans le pick-up, revint et se rendit aux toilettes. Lorsqu'il revint, il s'arrêta dans l'embrasure de la porte.

— Prête ?

Elle acquiesça.

— Absolument.

Ils étaient à quinze minutes du restaurant où ils s'étaient donné rendez-vous. En y entrant, ils trouvèrent Robert déjà installé sur une banquette près de la fenêtre. Il leur fit signe, et ils s'assirent du même côté, face à lui.

— Bonjour, Sienna, souffla Robert. Vous semblez être en bien meilleure forme.

— Alors c'est une façade, répliqua-t-elle en s'esclaffant à moitié. Je me suis réveillée ce matin et j'ai découvert que j'avais plus de muscles que je ne me rappelais en avoir jamais senti auparavant, et que chacun d'entre eux criait.

Il hocha la tête en signe de commisération.

— Prenez plusieurs jours de congé pour vous reposer et vous détendre.

— C'est mon programme des trois prochains jours. J'espère rentrer chez moi, m'allonger sur mon lit et ne rien faire.

Robert tourna son attention vers Rhodes.

— Je souhaitais vous remercier personnellement de

m'avoir sorti de là hier.

Il adressa un signe de tête à Sienna.

— De nous avoir sortis de là tous les deux.

— Ce n'est pas un problème. J'ai fait ce que j'ai pu.

Rhodes posa ses doigts sur la table devant lui.

— Comment ça s'est terminé avec les tireurs armés dans le centre-ville ?

— Malheureusement, les six sont morts.

— Six ? demanda Sienna en branlant du chef. Je croyais qu'il n'y en avait que deux.

— Deux au niveau du garage, précisa Rhodes.

Il pivota pour regarder Robert.

— En réalité, il y en avait quatre dans le bâtiment principal. Plus les deux que nous avons rencontrés dans le parking.

— Je n'ai pas tué ceux du garage. J'en ai assommé un et j'ai tiré dans l'épaule de l'autre.

— Puis quelqu'un est arrivé et leur a mis une balle dans la tête à tous les deux, leur apprit Robert.

Rhodes se rassit.

— Ce qui signifie qu'il y avait un septième homme.

Robert acquiesça.

— C'est ce que nous pensons.

— Cela ne serait-il pas trop évident ? souligna Sienna. Pourquoi aurait-il agi ainsi ?

— Les morts ne parlent pas.

Rhodes s'approcha et couvrit ses mains avec les siennes.

Elle soupira et dégagea doucement ses mains pour tenir les siennes à la place.

C'est alors qu'une serveuse passa avec une cafetière pleine.

— Puis-je vous offrir du café ? proposa-t-elle avec un

sourire.

Reconnaissants, ils poussèrent leurs tasses vers elle pour qu'elle les remplisse.

Lorsqu'elle eut terminé, elle désigna les menus qui se trouvaient devant eux.

— Êtes-vous prêts à commander votre petit-déjeuner ?

— Absolument.

Sienna n'avait même pas consulté la carte.

— Je meurs de faim.

— Si vous voulez notre plat du jour, c'est un grand petit-déjeuner. Trois œufs, des saucisses, du bacon, du jambon, des crêpes, des pommes de terre rissolées et du pain grillé.

— Ça a l'air fantastique. Je vais prendre ça.

Elle avait commandé une tonne de glucides, mais avec son niveau d'énergie actuel, c'était exactement ce dont elle avait besoin.

— Disons deux, dit Rhodes.

Ils remirent les menus non ouverts à la serveuse, et Robert ne demanda que du café.

Se sentant beaucoup mieux avec un kawa à la main, un repas à venir et Rhodes à ses côtés, Sienna s'assit pour patienter. Elle ignorait ce qu'elle attendait.

IL NE S'AGISSAIT donc pas d'une simple visite de courtoisie, permettant à Robert d'exprimer ses remerciements. Non pas que Rhodes en veuille ou en ait besoin. Et ce n'était pas exactement son travail, mais s'il était en mesure d'aider, il n'hésitait pas. Il aurait été capable de tellement plus, mais il ne pouvait pas laisser Sienna seule. Elle avait déjà assez souffert. Ils avaient eu de la chance. Il en était conscient. Cela ne signifiait pas qu'il serait aussi chanceux lors de la prochaine rencontre. Et il y en aurait une avec le septième homme encore en liberté.

Le tueur les avait-il vus ? S'était-il trouvé au niveau du garage pendant qu'ils y étaient ? Si c'était le cas, les laisserait-il s'en aller, sachant qu'ils ne l'avaient pas remarqué ?

Il jeta un coup d'œil à Sienna. S'il en parlait, elle s'inquiéterait davantage. Ce n'était pas exactement ce qu'il souhaitait. Mais faire l'autruche n'était pas non plus une solution.

Sienna le regarda fixement.

— Tu vas le dire ou je m'en charge ?

Il haussa un sourcil.

Elle considéra Robert.

— Il y a de fortes chances que celui qui a éliminé les types dans le garage pour les réduire au silence sache aussi que nous nous sommes échappés. Je suis presque sûre que son plan est que nous ne vivions pas non plus au risque d'en parler.

Au lieu de répondre, Rhodes serra doucement ses doigts. Il jeta un coup d'œil à Robert et remarqua qu'il les observait tous les deux avec surprise.

— Y a-t-il des otages survivants ? demanda Rhodes.

— Oui. Nos agents de sécurité ont tous survécu. Heureusement, les autres employés et visiteurs ont quitté le bâtiment très tôt.

Il lança un regard à Sienna.

— Comme vous le voyez, les six tireurs n'ont abattu personne.

Rhodes rit.

— Il y a donc une forte probabilité que personne ne nous poursuive.

Mais même lui ne semblait pas convaincu.

Sierra poussa un demi-grognement.

— Et si tu crois cela, tu es naïf.

Rhodes ne mentionna pas les deux cadavres que Merk et lui avaient trouvés dans la maison vide et qui étaient également susceptibles d'être impliqués d'une manière ou d'une autre. Probablement tués par un ou deux des terroristes morts. Ce n'était pas parce qu'ils n'avaient assassiné personne lors de la prise d'otages dans le centre de Dallas qu'ils n'avaient pas éliminé des gens ailleurs.

— Le septième gars aurait pu nous voir tous les trois ensemble dans le garage, dit Rhodes calmement.

Il se tourna vers Robert.

— Il aurait été facile d'apprendre que j'avais rendez-vous avec vous, s'emporta Sienna.

Puis elle se calma.

— Écoutez, je ne veux pas que ce type s'en prenne à moi, mais je ne suis pas non plus très à l'aise à l'idée qu'il nous oublie.

— Il faudrait déjà qu'il sache qui vous êtes, tempéra Robert. Vos noms n'ont pas été mentionnés dans le communiqué de presse.

— C'est vrai.

Après cela, elle ne prononça rien d'autre, elle resta assise en silence.

Rhodes jeta un coup d'œil à Robert et le questionna :

— Avez-vous l'intention de rester dans les parages ? Avez-vous un garde du corps ? Avez-vous une équipe de sécurité au cas où ?

— En réalité, j'ai demandé au département, mais ils pensent que le risque que cet homme s'en prenne à moi est assez faible.

— Bien sûr. Pas de budget, je suppose.

Il acquiesça.

— Je vois que vous connaissez bien la politique du département.

La serveuse revint avec deux gros plateaux de nourriture, puis remplit la tasse de Robert avec du café.

— Je reviens dans quelques minutes avec vos toasts.

Et elle disparut.

Sienna laissa la conversation dériver autour d'elle tout en commençant à manger.

Rhodes était plus lent, il prenait son temps. Il réfléchissait au danger qu'ils couraient réellement. Le tueur savait probablement déjà qui ils étaient, et, si ce n'était pas le cas, il ne serait pas difficile de le découvrir. Mais Robert était plus susceptible d'être en danger.

La serveuse revint avec leurs toasts, et ils la remercièrent d'un signe de tête. Ils se repurent en silence pendant de longues minutes.

— Avez-vous l'identité des terroristes décédés ? demanda Rhodes. Je suppose que cela a un rapport avec l'affaire sur laquelle Sienna vous aidait.

— Quand je suis parti hier soir, ils travaillaient sur cette affaire. Je n'ai pas encore vu ou entendu les noms. Je pourrai vous les transmettre quand j'en aurai eu connaissance.

— Ce serait utile. Au moins, je pourrai les rayer de ma liste de personnes recherchées, déclara Rhodes d'un air amusé. De plus, cela pourrait nous mener au septième homme. Et l'ordinateur portable sur écoute ?

Robert branla du chef.

— Selon Bobby, ils n'ont rien trouvé dessus. Êtes-vous sûr que vos conclusions étaient justes ?

Rhodes haussa les épaules.

— Mais êtes-vous certain que personne dans votre bureau n'a pris les feuilles du registre ? Le même individu serait capable de mettre l'équipement de votre bureau sur écoute.

— Nous allons ouvrir une enquête au sein du département, mais même si j'espère obtenir des réponses, je doute qu'elles viennent rapidement.

Il leur adressa ensuite un sourire sobre.

— Nous nous en occupons.

Cela détendit l'atmosphère, et ils finirent le reste du repas avec d'autres conversations. Alors qu'il se levait pour partir, Robert récupéra l'addition et dit :

— J'aimerais que vous reveniez au bureau et que vous nous aidiez dans cette enquête, mais je comprends que vous ayez besoin de rentrer chez vous et de vous reposer.

Ils se serrèrent la main, puis Rhodes conduisit Sienna jusqu'au pick-up. Il s'arrêta à l'extérieur du restaurant pour observer les environs. Il ne sentait rien d'anormal.

D'une certaine manière, c'était une toute nouvelle journée. Sienna s'approcha de lui, glissa sa main dans la sienne et le questionna :

— On peut y aller ?

— Oui, nous sommes prêts.

Chapitre 13

ELLE AVAIT ENVIE de rire et de chanter de joie quand Rhodes conduisit enfin le véhicule dans la circulation et amorça le virage vers la maison. En même temps, elle n'avait pas confiance. Il était difficile de ne pas regarder derrière eux pour voir s'ils étaient suivis. Elle continua donc à vérifier le rétroviseur latéral de son côté. Mais plus ils avançaient, plus elle se détendait. Après plus d'une heure de voyage, Rhodes se tourna vers elle et lui dit :

— Vas-y, fais une sieste si tu veux.

Elle secoua la tête.

— En réalité, j'ai bien dormi la nuit dernière.

Elle étudia son visage et rétorqua :

— C'est toi qui n'as pas dormi.

— J'ai assez dormi, corrigea-t-il. C'est un trajet facile pour rentrer à la maison.

— C'est une bonne chose. Je suis plus qu'impatiente d'y retourner. J'espère que nous n'aurons pas à revenir pour le tribunal ou quoi que ce soit d'autre.

— Ce n'est pas la peine. Tous ces hommes sont morts, et nous avons déjà fait nos déclarations.

— Tu penses que le tueur va nous poursuivre, en s'assurant que personne ne soit en mesure de parler ?

— Tout est possible.

Il jeta un coup d'œil à la jauge de carburant.

— Nous avons besoin d'essence. Je m'arrêterai à la prochaine station-service que je rencontrerai. Mais il doit y avoir beaucoup plus en jeu pour éliminer tous ces hommes. Le procureur tirera ça au clair.

Elle acquiesça. Sa vessie avait besoin d'être vidée de nouveau. Elle avait bu tellement de café au petit-déjeuner qu'elle n'en aurait probablement pas besoin avant le lendemain matin. Néanmoins, cette boisson réconfortante lui ferait du bien pour le reste du voyage.

Plus loin, il y avait une bretelle de sortie qui menait à un relais routier. Rhodes prit rapidement le virage, et, après avoir fait le tour, il s'arrêta devant une pompe à essence et coupa le moteur.

Elle sortit.

— Je vais chercher les toilettes pour dames.

Il acquiesça, s'occupa de mettre sa carte de crédit dans le distributeur et attrapa le pistolet.

Elle entra dans le restaurant et suivit les panneaux indiquant les sanitaires. Elle eut terminé quelques minutes plus tard, mais en profita pour se brosser les cheveux et se laver encore une fois le visage. Le fait d'être restée aussi longtemps dans le pick-up l'avait fatiguée, mais elle n'avait plus envie de dormir.

Elle retourna à l'extérieur et vit Rhodes qui chargeait encore le véhicule. Elle lui demanda :

— Tu veux un café ?

— Bien sûr.

Elle rentra dans le restaurant et en commanda deux. Puis, comme il y avait des muffins frais sur le comptoir, elle en prit un assortiment. Ils ne s'arrêteraient certainement pas pour un autre repas après ce copieux petit-déjeuner, mais avec un muffin, on ne se trompait jamais.

Après avoir payé, elle porta le plateau de cafés et le sac de muffins à l'extérieur. Plusieurs véhicules quittaient le parking, elle dut donc les éviter avant de pouvoir traverser jusqu'au pick-up. Elle posa les gobelets dans l'habitacle, où ils étaient en sécurité. Elle ne vit aucun signe de Rhodes.

Elle ferma la portière du passager et se dirigea vers le côté. Rhodes était effondré sur le sol, les bras tendus au-dessus de sa tête. Elle se jeta à ses côtés en criant :

— Rhodes, que s'est-il passé ?

Mais il ne répondit pas. Elle le secoua doucement. Il gémit et ouvrit les yeux pour la considérer. Son regard s'emplit de conscience.

— Quelqu'un m'a frappé par-derrière, déclara-t-il. J'étais en train de remettre le pistolet en place, et quelqu'un s'est approché avec un tuyau ou quelque chose comme ça et m'a heurté à la tête. Je me suis écroulé, mais je ne pense pas avoir perdu connaissance.

Il se redressa lentement.

— Tu as vu qui c'était ? le questionna-t-elle, dégoûtée à l'idée qu'ils aient été suivis aussi loin. Elle se leva d'un bond et se retourna pour voir si quelqu'un était encore dans les parages. Mais bien sûr, il n'y avait personne. Ils seraient partis immédiatement. Elle avait vu des dizaines de véhicules s'en aller.

Lorsqu'elle regarda de nouveau vers lui, elle vit Rhodes debout, se tenant au côté du pick-up pour se stabiliser. Instantanément, elle l'entoura de ses bras pour l'aider. Il pivota et s'appuya contre l'aile, tout en prenant plusieurs respirations profondes et en la serrant contre lui avec son bras.

— Je ne m'attendais pas à ça.

— Aucun de nous ne s'y attendait.

Elle jeta un autre coup d'œil autour d'elle en se demandant si elle devait appeler à l'aide, puis réalisa que c'était stupide. Elle lui fit face.

— Tu veux prévenir la police ?

Il ricana.

— Bien sûr que non. Mais c'est toi qui conduis.

Il sortit les clés de sa poche et les lui tendit. Puis lentement, en s'appuyant sur la benne du véhicule, il se dirigea vers le côté passager. Après s'être assurée qu'il était bien installé, elle ouvrit le côté conducteur et monta à bord, avant de mettre le moteur en marche.

— Je n'ai aucun problème pour nous ramener à la maison, déclara-t-elle. Mais je m'inquiète pour ta tête.

— Ne t'inquiète pas pour ça. Je suis plutôt coriace, dur à cuire.

— Oui, mais le mal de crâne qui s'ensuivra te tuera.

Elle sortit prudemment et prit la bretelle qui les ramenait sur l'autoroute principale.

— Tu ferais mieux de te détendre et de te reposer, lui intima-t-elle. Nous avons encore quelques heures devant nous.

Elle ne put s'empêcher de le considérer avec inquiétude.

— Mais ne dors pas, s'il te plaît. Pas après un traumatisme crânien.

Il lui lança un regard et dit :

— Je ne dormirai pas, et je ne m'évanouirai pas non plus. Mais jusqu'à ce que ma vision se stabilise, ce n'est pas moi qui conduirai.

Elle grimaça à cette idée.

— Et si tu essayais d'envoyer un message à Levi pour lui raconter ce qui s'est passé ? Il n'y a aucune chance que ce soit un accident.

— Eh bien, si c'était délibéré, ils ont effectué du mauvais travail, répliqua-t-il. Parce qu'ils m'ont laissé en vie, et c'est toujours une erreur.

— Peut-être qu'ils n'avaient pas l'homme qu'il fallait.

— Il y avait sans doute trop de monde, il n'a pas été en mesure de t'attraper à ce moment-là.

Il sortit son téléphone et écrivit plusieurs textos, entamant un flux de discussions alors que son portable bourdonnait et bipait plusieurs fois au cours des quinze minutes suivantes. C'était une bonne chose. Elle voulait que toute l'équipe soit impliquée dans cette affaire. Quelqu'un avait attaqué l'un des leurs, et cela ne pouvait pas arriver.

Elle le ramènerait au reste de l'équipe pour qu'ils soient tous à même de l'aider. Cela la dépassait tellement. Elle ne s'occupait pas des problèmes. Elle le leur avait déjà dit.

Conduisant prudemment, elle fit avancer le pick-up régulièrement vers la maison. Elle ne voulait surtout pas d'un nouvel incident. Heureusement, la route était droite et calme – trop calme.

Elle continua à vérifier l'état de Rhodes, mais il avait l'air mal en point, effondré contre la portière du passager. Lorsqu'elle prit la sortie et dépassa la petite ville proche du complexe, elle parvenait à sentir la tension qui maintenait son corps rigide. Elle avait tellement mal qu'il lui était presque impossible de conduire. Une céphalée commençait à revenir, mais en jetant un coup d'œil à Rhodes, penché en arrière avec les yeux fermés, elle avait conscience qu'elle allait mieux que lui. Après être entrée dans le complexe et s'être garée, elle éteignit le moteur en marmonnant :

— Nous n'arrivons pas comme des héros, mais comme une paire de bras cassés.

— Nous allons bien. Nous avons survécu. C'est notre

travail.

Elle se tourna de côté pour l'observer. Elle avait conscience que les autres sortaient de l'enceinte et se dirigeaient vers eux.

— C'est vraiment ça, l'essentiel ?

Il tendit une main vers elle et lui caressa doucement la joue.

— Il est hors de question que je laisse quoi que ce soit t'arriver, murmura-t-il. Tu vas t'en sortir.

— C'est de ça qu'il s'agit, selon toi ?

Elle secoua la tête.

— Tu es un imbécile.

— J'ai promis à ton frère de veiller sur toi, déclara-t-il en ouvrant sa portière.

Elle se figea.

— Je prends ces décisions moi-même. Je comprends que tu veuilles garder un œil sur moi pour t'assurer que je ne sois pas blessée inutilement, mais ne t'avise pas de te sacrifier pour me sauver.

Elle ouvrit sa portière, sortit en sautillant puis trouva Ice debout. Son regard intense fouillait Sienna de fond en comble.

— Nous allons décharger le véhicule, ordonna-t-elle. Toi, tu vas te mettre au lit.

Sienna lui adressa un sourire maigre.

— Et moi qui pensais que j'avais l'air bien dans ma peau.

Ice ricana.

— Bouge-toi.

— Seulement si tu insistes pour que Rhodes y aille aussi.

Ice fit un petit signe de tête.

— C'est exactement ce qui va se passer.

Espérant que Ice était sérieuse et qu'elle ne voulait plus

discuter, Sienna se dirigea vers sa suite. Elle s'assit sur le lit et enleva ses chaussures lorsque Levi arriva en portant ses bagages. S'arrêtant dans l'embrasure de la porte, il les déposa sur le côté et la regarda.

— Est-ce que ça ira, seule ici ?

— Je vais bien, murmura-t-elle. Le retour a été assez éprouvant pour les nerfs. Je n'arrêtais pas de craindre qu'il soit blessé plus gravement qu'il ne le laissait entendre.

— C'est Rhodes. C'est n'importe lequel d'entre nous dans la même situation. Nous détestons être blessés en premier lieu. Nous n'admettons jamais que c'est aussi grave que ça l'est.

Elle s'étendit sur son lit et gémit lorsque sa tête s'enfonça dans l'oreiller.

— Tu ferais mieux de l'examiner, car pour lui, ce n'est rien. Mais je crois qu'il est resté inconscient pendant quelques minutes.

— Ce sera fait.

Et il referma doucement la porte derrière lui.

Ce fut la dernière chose dont elle se souvint alors qu'elle fermait les yeux et laissait le monde disparaître.

RHODES ÉTAIT ASSIS à la table de la cuisine. Même s'il avait envie de s'écrouler, cela n'arriverait pas de sitôt. Depuis qu'il était rentré, les communications se succédaient. Et il se sentait relativement bien. Ice ne l'écoutait pas. Elle vérifia sa blessure à la tête et gloussa comme une mère poule. Une chose qu'il n'avait jamais entendue de sa part auparavant.

— Tu es sûr de n'avoir rien remarqué ?

— Tu devrais poser la question à Sienna. Elle est venue avec des cafés juste après que j'ai touché le sol.

Il leva le regard pour considérer Levi.

— Elle a peut-être vu le véhicule qui s'éloignait.

— D'après elle, tu étais en réalité inconscient pendant quelques instants, indiqua Levi.

Rhodes fronça les sourcils.

— Je ne pense pas que ce soit le cas. Je parvenais encore à entendre les véhicules passer.

— Y a-t-il une chance que ce soit un voyou qui cherchait seulement à voler ton portefeuille ? demanda Stone.

Rhodes haussa les épaules.

— Vous savez ce que je pense des coïncidences…

— Pareil que nous tous, l'interrompit Stone. Elle est kidnappée. Vous êtes tous les deux impliqués dans une prise d'otages. Vous éliminez deux hommes dans votre tentative d'évasion, tous deux retrouvés ensuite avec une balle dans la tête, façon exécution, et le lendemain matin, vous êtes attaqués dans une station-service alors que vous quittez la ville.

Stone secoua la tête.

— Gênant.

— Exactement. Et maintenant, nous sommes sûrs que quelqu'un est après nous. J'ai prévenu Robert qu'une personne s'en prendrait probablement à lui, car on a beaucoup évoqué dans les journaux la façon dont il avait échappé à l'attaque du bâtiment. Son bureau en particulier.

— Donc quelqu'un savait que vous étiez là aussi ?

— Tout est possible. Le SWAT et des dizaines de flics étaient dans les parages. Honnêtement, je n'ai vu personne de suspect, mais des gens ont pu parler, ou placer des micros dans la salle de conférence ou le bureau du procureur. Plusieurs otages ont été libérés par la suite. Peut-être que l'un d'entre eux a raconté quelque chose. Il y a certainement des caméras dans le parking.

— On leur a tiré dessus, déclara Ice. Nous le découvrirons.

Alors que la conversation se tarissait, Rhodes regarda autour d'eux.

— Si ça ne vous dérange pas, je vais me poser.

Il se leva et se dirigea vers la porte, et sa main se tendit instinctivement pour s'accrocher au cadre. La pièce tournait autour de lui.

Il entendait les cris derrière lui. L'instant d'après, Stone avait enroulé son bras autour de sa cage thoracique pour le soutenir.

— Doucement, mon pote. Laisse-moi te donner un coup de main.

En marmonnant ses remerciements, et en utilisant Stone comme appui, ils pénétrèrent dans l'ascenseur et montèrent au deuxième étage. Stone aida Rhodes à entrer dans sa suite. Il fit les derniers pas jusqu'au lit et s'enfonça dans le moelleux qui l'attendait. Il enleva ses chaussures et s'étira, puis dit :

— Éteins la lumière, veux-tu ? Elle me fait mal aux yeux.

Instantanément, la pièce s'assombrit. Stone se tenait devant la porte ouverte, et Rhodes comprit quel était le problème.

— Revenez me voir dans une heure si vous voulez. J'ai seulement besoin de me reposer.

Il roula sur le côté, frappa l'oreiller sous sa tête et ferma les paupières.

Il entendit vaguement les pas lourds de Stone qui s'éloignaient tandis que des voix étouffées restaient dehors dans le hall. Cela lui convenait parfaitement. Ses amis assuraient ses arrières.

Chapitre 14

SIENNA SE RÉVEILLA en distinguant des voix dans le couloir. Elle se figea, la terreur lui glaçant le sang jusqu'à ce qu'elle identifie les voix très distinctes de Levi et de Ice. Elle n'avait pas encore réussi à reconnaître tout le monde en les entendant parler.

— Il dort encore.

— Est-ce qu'il a réagi quand tu lui as parlé ? demanda Ice, l'inquiétude dans son intonation étant évidente.

Il fallut quelques minutes à Sienna pour comprendre qu'ils faisaient allusion à Rhodes. Elle se leva lentement, enfila ses chaussures et sortit dans le corridor.

— Comment va-t-il ?

Ice se retourna, s'approcha immédiatement et prit la main de Sienna.

— Comment te sens-tu ?

Elle sourit.

— Le sommeil a été salvateur. Je me sens beaucoup mieux. Je m'inquiète pour Rhodes. Aurais-je dû l'emmener à l'hôpital ?

Elle s'accrocha à la main de Ice.

— Il était plutôt réticent à l'idée d'aller ailleurs qu'à la maison. J'ai suggéré d'appeler la police, mais il n'a pas aimé ça non plus.

— Non, ce n'était pas la peine dans ce cas, confirma Ice.

Il a une commotion cérébrale, nous voulions simplement garder un œil sur lui.

— Est-ce que quelqu'un le surveille en permanence ?

Sienna fronça les sourcils en se dirigeant vers la porte. Elle avait conscience que Rhodes dormait profondément.

— J'aimerais rester avec lui si c'est possible.

Elle se tourna vers Ice.

— Nous le surveillons tous de près. Personne n'a besoin d'être ici à plein temps.

Comme si elle avait vu quelque chose dans le visage de Sienna, Ice s'empressa d'ajouter :

— Si tu souhaites rester un peu, c'est d'accord. Tu me feras savoir si son état change.

Sienna acquiesça.

— Promis.

Elle regarda autour d'elle et annonça :

— Je vais prendre mon ordinateur portable et une tasse de café, puis je m'assiérai avec lui pendant un moment.

— Je vais à la cuisine, je t'apporte une tasse. Prends ton ordinateur ou ce dont tu as besoin. Je te retrouve ici.

Ice pivota et partit avec Levi.

Sienna retourna dans sa suite, juste à côté, attrapa son pull pour combattre le froid qu'elle ressentait encore et sortit son ordinateur portable. Elle n'était pas inutile ici. Robert était censé envoyer les noms des hommes qui avaient été tués lors de la prise d'otages. Et là, elle avait vraiment envie de savoir si ces noms correspondaient à l'un de ceux qu'elle avait trouvés. Elle s'empara d'un chargeur et se dirigea vers la suite de Rhodes.

Cela lui demanda beaucoup d'efforts, mais elle rapprocha le grand fauteuil du lit pour pouvoir s'asseoir et mettre ses pieds en l'air, puis elle brancha l'ordinateur portable et l'alluma. Lorsque Ice entra, Sienna était déjà en train de consulter les articles de presse pour voir si l'attaque du bureau du procureur avait fait l'objet d'une couverture médiatique.

Elle sourit à Ice et lui dit :

— Merci.

Elle fit un signe de tête à son ordinateur portable.

— Robert t'a envoyé les noms des tireurs morts ?

— Je crois qu'il les a transmis à Levi.

Ice posa la tasse de café sur la table de nuit à côté du lit de Rhodes. Elle murmura :

— Pourquoi ?

— J'aimerais les confronter aux feuilles de calcul.

— Bonne idée. Je vais te les transférer par courriel.

Elle les regarda une dernière fois et sortit de la chambre avant de disparaître dans le couloir.

Sienna ouvrit son logiciel de messagerie, et, en quelques minutes, elle reçut un message de Ice. Elle cliqua dessus, et les noms s'affichèrent. Elle y jeta un coup d'œil, mais ils ne lui disaient rien. Elle tapa chacun d'eux séparément dans Google pour voir ce qu'il en était. Puis elle les copia dans ses notes sur l'affaire et effectua des recherches dans les feuilles de calcul qu'elle avait créées.

Elle ne mit le doigt sur rien.

Elle était tellement sûre qu'il y avait quelque chose ici. Qu'elle trouverait un moyen de donner un sens à tout cela.

Pour l'instant, elle n'avait rien déniché. Mais elle n'était pas prête à abandonner.

Une heure plus tard, elle n'avait pas avancé. Elle était fatiguée. Elle ferma l'ordinateur portable, se laissa glisser dans le fauteuil et ferma les yeux.

Un léger contact avec son pied la réveilla quelques minutes plus tard. Elle jeta un coup d'œil au lit et vit Rhodes, un sourire aux lèvres, sa main autour de son pied. Elle lui adressa un sourire paresseux et lui demanda :

— C'est comme ça que tu passes tes journées, à paresser au lit ?

— Eh bien, ce serait le cas si tu te joignais à moi, la taquina-t-il légèrement. Ça a l'air amusant.

Il lui caressa le mollet. Mais elle ne voulait pas lui faire comprendre à quel point ses paroles l'avaient touchée. Elle afficha un léger sourire et lui dit :

— Tu te prends pour quelqu'un d'autre si tu crois que tu peux continuer comme ça pendant des jours.

Avec une lueur dans les yeux, il orienta son regard vers le sien.

— C'est un défi ?

Elle rit.

— Ce n'en est pas un.

Il se redressa sur son lit, puis ses doigts dessinèrent mollement un motif sur son pied, autour de sa cheville avant de remonter lentement le long de son mollet.

— Quand tu veux… chérie.

— Oui, et Jarrod ? lui rappela-t-elle.

Son regard était vif, elle étudiait son visage, à la recherche d'un signe de changement.

Mais il n'y en avait pas. Le nom de Jarrod ne semblait pas faire de différence pour Rhodes.

— Si et quand nous aurons une relation, ton frère l'acceptera, affirma-t-il. Aie confiance en moi.

Elle ouvrit grand les yeux et le fixa de nouveau.

— D'accord, si tu le dis.

Elle laissa tomber ses pieds sur le sol et se leva.

— Je vais informer les autres de ton réveil.

Elle attrapa sa tasse de café.

Alors qu'elle s'apprêtait à franchir la porte, il la rappela :

— Attends.

Elle pivota pour lui faire face, un sourcil levé.

— De quoi as-tu besoin ?

— De toi.

Sa voix était si basse et si douce qu'elle faillit ne pas la discerner. Fronçant les sourcils, ses yeux cherchant les siens, elle retourna dans la chambre et s'assit à côté de lui sur le lit.

— Qu'est-ce que tu as dit ?

— Tu m'as entendu.

Elle continua à étudier son visage, mais son regard était clair, avec une lueur d'humour, mais aussi quelque chose d'autre. De la sincérité ? De la passion ? Elle tendit la main pour lui caresser la joue, puis son pouce descendit pour suivre délicatement la courbe de ses lèvres.

Il saisit sa main, la porta à ses lèvres et l'embrassa. Puis il l'approcha lentement de lui. Lorsque sa tête fut juste au-dessus de la sienne, sa main glissa jusqu'à sa nuque, et il la tira jusqu'en bas pour l'embrasser.

— Oui, je le pense vraiment.

Lorsqu'il la relâcha enfin, il murmura :

— Il y a des semaines que nous tournons autour du pot. Je me suis dit que l'un de nous devait franchir la ligne.

Encore étourdie par le contact de ses lèvres et par la chaleur qui se répandait dans son organisme, elle demanda, confuse :

— La ligne ?

— Ton frère. Tu sembles croire qu'il aura un problème si nous avons une relation.

— Je me doutais bien que tu pensais ça, corrigea-t-elle, son souffle se bloquant au fond de sa gorge.

Mais ce regard dans ses yeux… elle était en train de se noyer.

Il lui adressa un sourire malicieux et lui révéla :

— Peut-être, mais je lui ai déjà parlé de nous.

Elle sursauta.

— Tu as quoi ? Pourquoi ?

— Pour qu'on en finisse avec ça. Parce qu'il m'a mis en garde quand je t'ai rencontrée la première fois. Je devais lui faire savoir que je ne pouvais plus suivre ce diktat désormais. Tu as trop d'importance. Il en était déjà conscient, nous avions seulement besoin de mettre les choses au clair.

Elle l'étudia attentivement.

— Alors, qu'est-ce que ça veut dire maintenant ? le taquina-t-elle. Est-ce qu'on va boire des cafés ensemble ? Ou est-ce que tu cherches autre chose ?

— Je ne cherche rien du tout, répliqua-t-il. J'ai déjà trouvé quelque chose de spécial. Je crois que j'ai envie de voir où cela nous mènera.

Il tendit la main et saisit sa joue. Le pouce passant sur ses lèvres, il l'attira un peu plus vers le bas, se redressa sur son coude et l'embrassa de nouveau.

— Pourquoi ne pas essayer ? Pourquoi ne pas nous donner une chance ? Cette même chance que nous avons toujours voulu avoir.

D'une voix sombre et passionnée, il déposa des baisers sur son menton, ses joues et ses sourcils.

— Dis oui, murmura-t-il. À cela… À nous… À l'instant présent.

C'était ce qu'elle avait désiré. Tout ce qu'elle souhaitait. Elle se rapprocha de lui, l'embrassa très doucement et murmura :

— Oui.

Il l'entraîna avec lui sur le lit. Elle poussa un cri de surprise.

Il la fit rouler à plat ventre sur le matelas, son corps recouvrit le sien, et ses lèvres écrasèrent les siennes. Elle n'eut que quelques nanosecondes pour comprendre la rapidité avec laquelle leurs positions avaient changé. La poussée insistante contre son bassin faisait pulser son sang dans tout son corps ; du liquide s'accumulait entre ses jambes.

Mon Dieu, elle avait envie de lui. Elle ne s'attendait pas à cela maintenant. Ils avaient déjà passé deux nuits à l'hôtel. Désormais, ils étaient à la maison, et elle était enveloppée dans ses bras, dans son lit. C'était exactement là qu'elle avait envie d'être.

Ce n'était pas que le moment soit mal choisi, mais… Elle libéra sa bouche et murmura :

— La porte.

Rhodes la regarda avec confusion, la passion obscurcissant déjà sa vision. Il jeta un coup d'œil à la porte ouverte, puis à elle, et se leva pour se diriger vers celle-ci.

Elle rit et le regarda passer la tête dans le couloir, puis fermer la porte et la verrouiller. Lorsqu'il se retourna pour lui faire face, elle se mit à genoux et attendit qu'il vienne à elle.

Mais il s'en abstint. Il s'arrêta au milieu de la pièce, comme pour lui donner une chance de changer d'avis.

Il ouvrit la bouche pour prononcer quelque chose, puis la referma. Et elle comprit. Ce n'était pas qu'il était incertain, mais il avait peur qu'elle le soit. Elle lui adressa un lent sourire de passion et de chaleur. Elle attrapa les coins de son tee-shirt et passa ce dernier par-dessus sa tête avant de le laisser tomber sur le côté. Puis elle se leva sur le matelas et retira son jean. Debout devant lui, longue et mince, en culotte et soutien-gorge, elle attendit de voir comment il allait réagir.

Il reprit son souffle, puis se galvanisa pour passer à l'action. Il se déshabilla jusqu'à la peau.

Il s'avança lentement vers elle, son érection se dressant fièrement. Elle tomba à genoux, ses jambes étant soudain trop faibles pour la retenir.

Il la prit dans ses bras avant qu'elle ne puisse s'allonger et la serra contre lui. La chair chaude brûlait et attisait le feu intérieur. En effleurant ses lèvres, il murmura :

— Tu en portes encore trop.

Ses lèvres s'inclinèrent en un sourire, et elle lui rendit son baiser.

— Je pense que tu es capable de t'occuper de ça.

Et elle l'embrassa passionnément, déversant toute la perte, la solitude et le désir qu'elle avait retenus ces deux derniers mois.

Elle s'était retournée la nuit, décidant si elle devait rester à cause de lui ou si elle voulait faire partie de cette unité. Le fait qu'il soit là était un avantage certain. S'il n'était pas sien, ce serait difficile. Et s'il avait d'autres femmes, ce serait presque impossible. Ce n'était pas ce qu'elle voulait pour sa vie, pour elle-même.

Mais ce qui se passait en ce moment était exactement ce qu'elle désirait. L'air frais passa entre leurs corps brûlants lorsqu'il recula pour faire tomber son soutien-gorge sur le sol. Instantanément, elle se retrouva écrasée contre sa poitrine, la peau fraîche de ses seins se pressant contre son torse musclé. Elle le caressa, ses doigts s'agitant frénétiquement pour l'explorer.

— Doucement, susurra-t-il. Nous avons beaucoup de temps.

Elle glissa ses mains vers le haut pour saisir son visage et étudier son regard.

— Tu ne penses pas qu'ils vont venir te voir ?

— Ils viendront. Ils verront la porte fermée. Ils suppose-ront que je suis sous la douche ou que nous sommes occupés.

Elle grimaça.

— Ne t'inquiète pas pour ça. Ils sont déjà au courant.

Ses lèvres tressaillirent.

— Et moi qui croyais avoir gardé le secret pour moi.

— Oui. On m'a déjà taquiné à ce sujet plusieurs fois.

Il glissa sa main jusqu'à ses fesses et se serra contre elle, son érection dure contre son ventre.

Elle en voulait encore plus. Elle se mit sur la pointe des pieds, les mains autour de son cou, et enroula une jambe autour de ses hanches. Elle descendit ses mains pour caresser son dos fortement musclé. Il l'embrassa encore et encore, tandis que ses mains exploraient. Il ne se dirigeait pas vers la ligne d'arrivée. Il était lent, méthodique et prudent. Il chérissait son corps, ses besoins et ses émotions.

Lorsqu'il abandonna ses lourds baisers passionnés pour tracer une ligne le long de sa gorge jusqu'à sa clavicule avec sa langue qui goûtait, explorait et aimait, elle ouvrit les bras, tomba à la renverse sur son lit et s'y allongea, les jambes grandes ouvertes et accueillantes.

Il se pencha sur elle, mais marqua une pause, prenant un moment pour la fixer.

— Oh, mon Dieu, tu es si belle !

Elle secoua la tête.

— Tant que tu le penses.

Il s'inclina, déposa un baiser sur ses côtes, tandis que son doigt caressait les vallées et les creux de son corps. Il s'agenouilla entre ses jambes, prit délicatement ses seins, explora son ventre et ses longues jambes en faisant lentement courir ses doigts le long de l'intérieur de ses cuisses. Il glissa un long doigt sous le bord de l'élastique de sa culotte de coton blanc pour la caresser doucement et la taquiner. De l'autre main, il insinua ses doigts dans le haut de la culotte et les fit bouger sur le côté. Elle sursauta et se tordit sur le matelas.

— Tu portes encore trop de vêtements.

Il se déplaça, puis baissa sa culotte et l'enleva. Elle le dévisagea. Il déglutit difficilement. Elle craignait que quelque chose n'aille pas, mais il chuchota :

— Tu es rousse même en bas.

D'un geste inattendu, il passa ses doigts entre les boucles brillantes et l'humidité, et en inséra un à l'intérieur. Ses hanches se soulevèrent, et elle poussa un cri de surprise. Immédiatement, il en ajouta un second, et il l'amadoua doucement.

— Oh, mon Dieu, Rhodes !

Et avec son pouce, il trouva le minuscule bouton caché dans ses doux plis. Elle hurla de nouveau tandis qu'il la titillait et la tourmentait délicatement.

Elle n'en pouvait plus. Elle voulait qu'il soit en elle.

— Rhodes, prends-moi, lui intima-t-elle.

Sienna enroula ses jambes autour de son corps, et, avec ses cuisses puissantes, l'attira vers elle. Il glissa ses mains vers le haut tout en léchant et en laissant un chemin humide sur ses côtes, s'arrêta pour sucer un sein, puis se déplaça pour attraper l'autre mamelon afin de lui donner toute son attention. Lorsqu'il se redressa pour s'emparer de sa bouche, elle tremblait.

Il la regarda pendant que ses mains maintenaient sa tête en place. Sa voix était aussi sombre que la nuit quand il murmura :

— Tu es à moi.

Et il la pénétra jusqu'au fond.

Coincée sous lui, elle se perdit dans une furie de sensations alors qu'il s'installait lentement et profondément en elle, puis se déplaçait à l'intérieur. Pendant que les longues jambes de Sienna l'enveloppaient aussi fort et serré qu'elle le pouvait, il l'emmena à un endroit où elle n'était jamais allée, puis la fit basculer dans un kaléidoscope de terminaisons nerveuses qui explosaient.

Elle s'entendit vaguement crier, mais ce cri était lointain, tout comme le son de son propre hurlement lorsqu'il la rejoignit, flottant dans le nuage de sensations.

Des larmes lui tirèrent les yeux. Les émotions lui tenaillaient le cœur.

Un sentiment de plénitude, d'unité, à l'intérieur de son âme.

Lorsqu'il se glissa sur le côté en la serrant contre lui, il murmura contre son oreille :

— Tu vas bien ?

Et elle répondit :

— Mieux que jamais.

RHODES RESSERRA SON bras autour d'elle, un sourire aux lèvres. C'était un plaisir inattendu. Même s'il avait espéré arriver ici, il n'avait pas pensé le faire aussi vite. D'un autre côté, il y avait des semaines qu'ils dansaient autour de cette idée. Quelle joie de la tenir dans ses bras. Elle changea légèrement de position pour se blottir contre lui.

Il devrait se lever et parler à Levi et aux autres de l'évolution de la situation. Mais il ne voulait pas bouger. Il se disait qu'à présent, quelqu'un aurait été alerté du fait que sa porte était désormais fermée. Sienna et lui allaient être en mesure de passer un peu de temps ensemble, mais il n'y avait aucune garantie quant à la durée de ce moment. Bien sûr, personne n'en aurait la certitude tant qu'ils ne seraient pas sortis, et que cela ne se serait pas lu sur leurs visages.

— Je suppose que nous devrions nous lever ?

Il l'étreignit doucement dans ses bras.

— Je ne peux pas dire que j'en ai envie.

— Non, je ne peux pas dire que je le veuille non plus.

Elle poussa un gros soupir.

— Mais nous devrions voir si Levi a des nouvelles. J'aimerais savoir qui t'a attaqué à la station-service.

Un rire gronda dans sa poitrine.

— Cela me préoccupe moins que de m'assurer que la police de Dallas a retrouvé l'homme responsable de la tentative de prise d'otages.

— Y a-t-il une chance qu'il s'agisse du même ?

— Seulement s'il s'agit d'un autre tueur à gages. Et c'est possible.

Elle se souleva sur son coude et le considéra.

— Qu'est-ce que tu veux dire ?

— Si c'est un homme qui a commandité l'attaque du bureau du procureur, il y a de fortes chances qu'il ait demandé à une autre personne d'aller tirer sur les types dans le garage. Et ce même gars aurait pu nous suivre hors de la ville et m'attaquer à la station-service.

— Mais nous n'avons vu personne nous suivre, rétorqua-t-elle en le regardant de haut.

— Non, mais la route était longue, et il y avait beaucoup de circulation.

Elle s'affaissa dans ses bras.

— Il est si facile d'être un criminel dans ce monde. Nous

leur rendons la tâche trop aisée.

— Une autre raison pour laquelle nous ne manquons jamais de travail, déclara Rhodes à voix basse.

Il se redressa doucement.

— Reste ici. Je vais prendre une douche rapide.

Il jeta un coup d'œil à son horloge et grimaça.

— Je t'inciterais bien à y aller avec moi, mais je n'ai pas le temps.

Elle gloussa.

— La prochaine fois.

Il baissa la tête et sourit.

— Heureux d'apprendre qu'il y en aura une.

Il l'embrassa avec suffisamment de passion pour que ses bras s'enroulent autour de son cou et le ramènent dans le lit. Il se dégagea et s'échappa vers la salle de bain, le regret au cœur. Plus tard. Il la tiendrait dans ses bras toute la nuit. C'était la seule pensée qui le poussait à marcher en direction de la salle de bain.

Debout sous l'eau quelques minutes après, son esprit revint à son agresseur. Il y avait de bonnes chances que, s'ils l'avaient suivi jusqu'à la station-service, ils soient aussi sur le chemin de l'enceinte. Il se disait que Levi et les autres auraient pris ça en compte, mais cela le déchirait intérieurement et cela continuerait jusqu'à ce qu'il leur en parle. La dernière chose dont ils avaient besoin était une autre attaque.

Il devait également contacter Robert pour voir s'il y avait des nouvelles de son côté et pour lui donner une mise à jour. La tête de Rhodes était encore douloureuse, mais il la passa soigneusement sous l'eau chaude. En utilisant un peu de shampoing, il se nettoya les cheveux. Lorsqu'il eut terminé, qu'il se fut séché et qu'il entra dans sa chambre avec une serviette enroulée autour de sa taille, il trouva son lit fait et

Sienna assise dans le fauteuil où elle se trouvait lorsqu'il s'était réveillé, désormais avec son ordinateur portable ouvert, en train de vérifier ses courriels.

Et elle était habillée.

Dommage.

— Tu as trouvé quelque chose ?

Il se pencha vers elle et l'embrassa sur le front. Elle sourit, passa une main autour de son cou et l'attira vers le bas pour un vrai baiser. Lorsqu'il se redressa enfin, son sang bouillait.

— Retiens cette pensée, lança-t-il, la voix rauque.

Après avoir secoué les lambeaux de passion pour les remettre à leur place, pour l'instant, il sortit rapidement des vêtements de sa commode et s'habilla. Enfin, il se retourna et demanda :

— Tu es prête ?

Elle prit une grande inspiration et la laissa s'échapper très lentement. Et elle sourit.

— Bien sûr. Quel est le pire qu'ils puissent faire ? Me virer ?

Ses sourcils se levèrent.

— Nous sommes tous les deux des adultes consentants, et ils l'ont tous vu venir.

Elle haussa les épaules.

Il prit ses mains dans les siennes et la tira vers l'avant.

— Ça ira très bien.

Chapitre 15

ELLE AFFICHA UN sourire et posa une question alors qu'ils s'approchaient de la cuisine.

— Tu crois qu'on va devoir retourner à Dallas ?

— J'en doute.

Ils entrèrent, sourirent à tout le monde et remplirent deux tasses de café, tout en continuant à parler.

— Pas besoin de refaire la route jusque là-bas.

Sur ce, il se tourna vers Levi et lui demanda :

— Des nouvelles ?

Levi branla du chef.

— Rien d'intéressant.

Il étudia Rhodes et s'en enquit :

— Comment te sens-tu ? Tu as pris un sacré coup à la tête.

— Cela ne semble pas avoir abîmé sa peau, n'est-ce pas ? le questionna Sienna, en examinant son crâne avec inquiétude.

Elle pivota vers Ice.

— C'est comme une commotion cérébrale, non ?

Plus à l'aise désormais, Sienna fit le tour de la table et s'assit en face de Rhodes, à côté de Ice.

Elle l'observa d'un œil critique et haussa les épaules.

— Manifestement, ce que c'était ne l'a pas endormi trop longtemps. Si c'était moi qui avais été frappée à la tête…

Elle haussa les épaules.

— Je ne me serais probablement pas réveillée pendant des jours.

Rhodes lui lança un regard noir.

— Tu as été heurtée à la tête et tu as perdu connaissance – j'ai aussi essayé de t'inciter à rester à l'hôpital –, tu t'en souviens ?

Elle grimaça, se sentant stupide, car la blessure de Rhodes avait pris le pas sur la sienne.

— J'avais oublié.

— Eh bien, pas moi. Et j'ai déjà assez de cauchemars de cette fois-là, merci beaucoup.

Elle rit.

— Je n'ai pas l'intention de me faire kidnapper ou frapper sur la tête de nouveau de sitôt.

Rhodes se tourna vers Levi et Ice.

— Comme nous avons dû être suivis jusqu'à la station-service, et que c'est là que j'ai été attaqué, pensez-vous qu'il soit possible qu'on l'ait été jusqu'ici aussi ?

— Stone est dans la salle de contrôle en ce moment même. Il cherche tout type de trafic ou d'activité suspecte autour de nous.

Rhodes sourit.

— Je me doutais que vous étiez sur le coup, mais comme nous n'avons pas parlé avant, je n'étais pas sûr.

Sienna sentit sa mâchoire tomber, et elle le dévisagea.

— Et tu n'as pas pensé à évoquer cette possibilité pendant tout le temps que j'ai roulé jusqu'à la maison ?

— Est-ce que ça aurait servi à quelque chose ? argua-t-il sans détour. Tu as fait ce que tu pouvais pour nous amener ici. C'est ce qui comptait. Et tu as effectué du très bon travail. Si nous avions eu besoin de plus de soutien de la part de l'équipe, ils seraient venus nous aider. Mais ce n'était pas le cas. Nous nous sommes débrouillés, et tu as été géniale.

— Je ne pense pas comme toi.

Elle s'affaissa sur sa chaise et se frotta la tempe.

— Je t'ai dit que je n'aimais pas faire des histoires, se lamenta-t-elle.

— C'est une bonne chose, renchérit Ice en lui souriant et en lui tapotant doucement la main. Tu as assez souffert hier. Une blessée qui ramène un blessé. Nous sommes simplement reconnaissants du fait que vous soyez tous les deux arrivés sains et saufs ici.

— Et maintenant ? demanda Sienna. Avez-vous réussi à mettre Bullard au courant ?

— J'ai discuté avec lui il y a peu, je lui ai expliqué ce qui vous était arrivé à toi et à Rhodes. Il a envoyé quelques hommes pour vérifier l'organisation caritative dirigée par J. R. Wilson. Bullard dit que son seul contrôle de l'extérieur de l'entrepôt est très suspect. Et il souhaite y jeter un coup d'œil plus approfondi.

— En a-t-il les moyens ? les interrogea Sienna en regardant de Levi à Rhodes et vice-versa.

Le coin de la bouche de Levi se releva.

— C'est de Bullard que nous parlons. Et de l'Afrique. Bien qu'il y ait des règles partout, certaines sont légèrement différentes. Du moins pour lui.

Elle s'était posé la question. Mais Bullard avait beaucoup de relations. Et il n'était pas un novice dans ce domaine. Alors qu'elle l'était. Elle se détendit un peu à ces pensées.

Lissa entra à ce moment-là. Elle rayonna en voyant Sienna et se précipita pour la serrer dans ses bras.

— Oh, mon Dieu ! Tu vas bien ? Je n'arrivais pas à y croire quand Stone m'a raconté ce qui s'est passé.

Elle s'accroupit à côté de Sienna et lui prit doucement la joue.

— Je suis vraiment désolée de ce qui t'est arrivé.

Et dans la plus pure tradition de Lissa, elle entoura Sienna de ses bras et l'étreignit de nouveau.

Sienna recula légèrement, se demandant comment elle avait pu avoir la chance de trouver non seulement ces hommes, mais aussi ces femmes.

— Je vais bien, honnêtement. C'était un peu dur hier matin. Le pire, c'est que d'après Rhodes, les deux types qui m'ont kidnappée étaient de jeunes voyous et étaient à peine capables de me porter, alors ils m'ont traînée dans les escaliers. Quand je me suis réveillée, j'avais plus de points douloureux que je ne l'aurais cru possible.

Lissa grimaça.

— Ça a l'air absolument horrible.

Sienna sourit.

— Oui, ce n'était pas le point culminant de ma journée. Pas plus que de trouver Rhodes assommé sur le sol.

Elle lança un regard taquin à l'autre bout de la table.

— Je n'ai jamais réussi à le soulever. J'étais prête à appeler le 911 pour que quelqu'un m'aide à charger le pick-up.

Tout le monde rit. Elle se tourna vers Levi.

— Des nouvelles des gars qui m'ont enlevée ? Je comprends que l'attaque du bureau du procureur a probablement été traitée en priorité, mais ce serait bien d'avoir des infos sur le sort de ces deux gamins.

— Ils seront incarcérés pendant longtemps pour le mal qu'ils t'ont fait, déclara loyalement Lissa.

Elle se faufila à ses côtés, et les trois femmes furent désormais assises ensemble.

— Robert a dit qu'ils continuaient à parler, à donner des

noms, lui relata Levi. Avec un peu de chance, cette affaire sera bientôt réglée.

— Sauf en ce qui concerne le dernier type qui a tué tout le monde, déplora-t-elle avec amertume. Je dormirai bien ce soir s'ils mettent aussi le numéro sept en prison.

— Tu dormiras très bien dans tous les cas, tempéra Rhodes calmement. Tout le monde est à la recherche de cet homme. Il a dû être filmé par des caméras quelque part dans le bâtiment. Ils le trouveront. Ne t'inquiète pas.

— Sauf qu'il nous a suivis jusqu'au véhicule et à la station-service.

— Mais nous ignorons si c'était lui ou quelqu'un qu'il a engagé, souligna Levi.

— Et ça rend les choses plus faciles ?

Sienna s'affaissa dans son fauteuil.

— Ça signifie simplement qu'il y a plus d'enfoirés qui veulent notre peau ?

— Mais vous êtes en sécurité ici.

Alfred entra à ce moment-là. Il jeta un coup d'œil à Rhodes et Sienna et dit :

— Je suis content d'apprendre que vous êtes de retour à la maison. Si vous voulez libérer la table, le dîner sera prêt dans une trentaine de minutes.

Sienna se redressa.

— Je suis affamée.

Rhodes rit.

— Quand n'es-tu pas affamée ?

Lissa avoua à ses côtés :

— Je pense aussi au repas d'après.

— Vous arrive-t-il de ne pas avoir faim, mesdames ? les railla Merk depuis l'embrasure de la porte.

Sienna sourit à Merk et Katina qui les rejoignaient en se

tenant par la main. Elle se tourna vers Levi et lui dit :

— Tu devrais changer le nom de la société de Heroes for Hire en Heroes from Heaven.

Un silence choqué fut immédiatement brisé par un gloussement, provenant de la personne la plus inattendue. Ice ne put se retenir.

Levi se mit debout, leva le menton et la fixa des yeux, mais il n'y avait aucune chaleur derrière ce regard lorsqu'il déclara :

— Le nom de l'entreprise est Legendary Security. Heroes for Hire n'était qu'un surnom. Et c'est sûr que ce ne sera pas Heroes from Heaven.

Il ricana.

— C'est déjà bien suffisant que tout le monde se mette en couple ici. C'est comme un putain de nid d'amour au lieu d'un complexe.

Et il sortit.

Ice essaya de se mettre sur ses pieds, mais elle riait trop fort. Elle pivota vers Sienna et lâcha :

— Oh, je voulais dire ça depuis longtemps !

Elle s'approcha de Sienna et la serra dans ses bras :

— C'est bien pour toi.

Puis elle se leva et suivit Levi.

Rhodes secoua la tête.

— C'est simplement démoralisant, voilà ce que c'est.

— Quoi, Heroes ? demanda Sienna. Heroes for Hire, c'est logique. Vous portez bien ce nom.

— Oui, Heroes for the Heart a été mentionné aussi, mais Heroes from Heaven ?

— Je trouve que c'est un joli nom, lança Lissa en souriant. Et je vais peut-être continuer à l'utiliser.

— Pas si tu ne veux pas d'une guerre totale, l'avertit

Rhodes. Pour plaisanter, c'est une chose, mais ne le dis jamais sérieusement.

Sienna le considéra.

— Je suppose que c'est une sorte de problème d'ego ?

Lissa l'observa également.

— Parce que Heroes for the Heart, c'est très joli aussi, souligna-t-elle. Tu le sais, n'est-ce pas ?

Stone fit le tour de la table, se pencha et l'embrassa.

— Tu es adorable. Mais il est hors de question que j'autorise un tel nom. Ce n'est pas une retraite romantique ici.

Sienna le fusilla du regard.

— Mais ça pourrait l'être.

Stone lui adressa un sourire.

— Ah. Tout le monde ne passe pas la journée au lit, tu en es consciente ?

Il orienta son œil complice vers Rhodes avant de se retourner vers elle.

— Ça doit être sympa d'avoir son propre héros du ciel.

Et il se dirigea vers la cuisine pour donner un coup de main à Alfred.

À côté d'elle, Lissa gloussa. Elle se pencha près de Sienna et murmura :

— Ne lui dis pas, mais nous avons passé beaucoup de journées au lit.

Les deux femmes pouffèrent. Rhodes se mit debout.

— OK, c'est à mon tour de partir maintenant.

Sienna lui asséna un coup de pied rapide, mais doux, sous la table.

— Tu n'as pas le droit. Tu vas nous aider à nettoyer la table et à préparer notre repas. Alfred a dit que le dîner arrivait.

Lissa et elle se redressèrent d'un bond, débarrassèrent les tasses et ramassèrent la vaisselle. Elles se rendirent dans la cuisine, chargèrent le lave-vaisselle et revinrent avec une grande nappe blanche.

Le temps de mettre la table, Alfred apporta le repas. Le reste de la bande revint lentement dans la pièce. Rien de tel qu'un dîner pour réunir une famille. Elle se rendit compte que c'était vraiment ça. Et elle était si heureuse d'en faire partie.

LORSQU'IL AVAIT QUITTÉ l'armée, Rhodes ne s'attendait pas à se retrouver dans un tel scénario. Les hommes avec lesquels il travaillait ici étaient sa famille. Ils avaient été frères d'armes dans l'armée et meilleurs amis. Ice les avait naturellement rejoints, et Rhodes n'avait jamais eu l'impression de perdre une partie de Levi à cause de sa relation avec Ice. Et alors qu'ils se réunissaient lentement avec leurs propres partenaires, Rhodes réalisa à quel point ce groupe était vraiment spécial. Avec les effectifs croissants pour maintenir une famille heureuse et positive, c'était quelque chose qui sortait de son expérience.

Que se passerait-il si leur nombre augmentait encore plus ? D'autres hommes, comme Logan et Harrison, s'étaient installés dans l'enceinte, et qui savait si Flynn les imiterait. Il avait bien protégé Anna et son refuge pour animaux quand on lui en avait donné l'occasion. L'équipe avait discuté de l'exécution de ce travail par Flynn, et c'était une décision de groupe de l'amener à bord. Flynn était un personnage, et Rhodes avait hâte de le revoir. Ce dernier mourait également d'envie de rencontrer Anna, car Flynn avait beaucoup à dire à son sujet. Les derniers mots qu'il avait prononcés avaient été : « Bon débarras. »

Katina, qui avait entendu Rhodes se moquer de Flynn, au lieu d'être contrariée, avait simplement répondu : « Il serait intéressant d'avoir le point de vue d'Anna sur la question. »

Katina espérait que son amie lui rendrait visite au complexe.

Rhodes soupçonnait Flynn de ne pas avoir été aussi épargné par l'expérience d'Anna qu'il essayait de le faire croire. Et Rhodes devait admettre que le fait d'avoir trouvé Sienna lui donnait envie d'offrir la même opportunité à tous ses amis.

Alfred s'assit en bout de table comme toujours, avec Levi à l'autre bout, et lança :

— Bon appétit.

Tout le monde se mit à table. Rhodes ne connaissait pas le nom de cette concoction, mais c'était de la viande et des légumes à l'étouffée dans une énorme pâte feuilletée, et c'était vraiment délicieux.

— Bullard a téléphoné, annonça Levi lorsque tout le monde eut rempli son assiette.

— Ils vont à l'entrepôt ce soir.

Silence. Rhodes lui jeta un coup d'œil et déclara :

— J'aimerais bien les accompagner.

— Il ira avec une équipe tactique et nous informera de ce qu'ils trouveront.

— Je suis surpris que ce ne soit pas une sorte d'effort conjoint avec nous.

— Si nous avions la confirmation qu'ils sont responsables de ce qui s'est déroulé ici, ce serait le cas. Mais nous ne l'avons pas encore.

Rhodes jeta un coup d'œil à Sienna et la vit fixer son

assiette.

— Tout ira bien, la rassura-t-il.

Elle leva son visage vers le sien, puis balaya du regard toutes les personnes attablées et dit :

— Ces hommes sont des tueurs. L'un d'eux s'est enfui, et nous savons que l'organisation caritative a des bureaux à Dallas. N'y a-t-il aucun moyen de découvrir ce qu'ils font ici ?

Rhodes capta le regard de Levi qui l'étudiait. Il mâcha méthodiquement pendant qu'ils réfléchissaient tous à la question.

— Trouve la preuve qu'ils sont impliqués, et ensuite nous serons en mesure de le déterminer.

Elle considéra Levi pendant un long moment. Puis elle acquiesça.

— J'y travaillerai après le dîner.

Rhodes se tourna pour l'observer, avec une question dans les yeux. Mais il se ravisa. Peut-être avait-elle quelques tours dans son sac qu'ils ne connaissaient pas. Il était prêt à lui accorder le bénéfice du doute. Peut-être était-elle en train de chercher, espérant dénicher quelque chose pour mettre fin à ce cauchemar. Il ne pouvait pas lui en vouloir.

Chapitre 16

APRÈS LE DÎNER, Sienna prit une tasse de café et retourna à son bureau. Il était tard, elle était fatiguée, mais son esprit était en ébullition. Il y avait sûrement d'autres informations à trouver. Comme il n'y avait personne pour l'entendre, elle se parlait librement à elle-même à voix haute. Elle se sentait mieux, car elle passait en revue ce qu'elle savait jusqu'à présent.

Elle afficha ses notes sur son ordinateur portable, rafraîchit la page, puis se dirigea vers la table où se trouvaient encore les feuilles de calcul. Elle s'assit sur une chaise, attrapa un bloc-notes vierge et fit le vide dans son esprit. Elle étudia les combinaisons de chiffres et de lettres. Il s'agissait peut-être de noms et de nombres, mais il devait y avoir plus à dénicher ici. Il serait utile d'avoir plus de feuilles, avec plus de données et d'options, plus faciles à confirmer aussi, parce qu'elle aurait un plus grand échantillon avec lequel travailler. Elle prit les combinaisons complexes de chiffres et de lettres, et nota les informations qu'elle avait déjà décodées avec les lettres sur le côté. Ensuite, elle regarda les chiffres alignés. S'agissait-il également d'un modèle ou de quelque chose de plus simple ? Comme un numéro de facture, des dates d'achat, ou bien des chiffres au hasard ?

— Non, ce n'est pas du hasard, murmura-t-elle. C'est trop précis pour l'être.

Il devait y avoir un calque. Cela ne signifiait pas qu'elle saurait de quoi il s'agissait. Elle se tourna alors vers les feuilles de calcul que Bullard avait envoyées. Ces documents avaient été récupérés dans le bureau du jeune informaticien. Elle avait commencé par le premier, mais n'avait rien trouvé. Uniquement des chiffres. Cette fois-ci, des chiffres et des colonnes. La dernière colonne semblait représenter des montants monétaires – avec deux chiffres après la virgule. Mais pas de signe de dollar. Les comptables du monde entier gardaient une trace précise de chaque transaction. Elle posa cette page et en examina une autre.

Lorsqu'elle arriva à la troisième, une idée jaillit au fond de son esprit. Elle saisit son bloc-notes et y jeta des codes, des chiffres et des idées. Finalement, elle s'assit et remarqua que cela faisait plus de deux heures et qu'elle avait une lueur de vérité dans sa main. Mais elle avait besoin de la confirmation de Bullard. Elle devait également passer en revue les noms qu'elle avait recueillis jusqu'à présent, y compris ceux des six tireurs morts.

Elle se leva et retourna à son ordinateur portable. Elle avait noté les différentes personnes que son décodage avait mises au jour. Elle ajouta les six personnes de la fusillade de Dallas, en se demandant si elle ne devrait pas aussi retrouver le nom de Robert.

Elle se replongea dans les feuilles de calcul, vérifia toutes celles qui comportaient un R.F., examina les chiffres qui s'y rapportaient. S'il était impliqué – et c'était un petit si –, il était le seul qu'elle connaissait à être en mesure de confirmer certains de ces chiffres.

Et s'il s'agissait de comptes bancaires ? Et s'il s'agissait de versements sur un compte à son nom ? Elle en avait plusieurs de la banque suisse.

De retour à son ordinateur portable, elle imprima tous les comptes bancaires suisses. Puis, à l'aide d'un surligneur, elle les recoupa rapidement, mais ne trouva rien. Ce n'était pas normal. Elle était persuadée qu'il devait y avoir quelque chose, elle le sentait. Soudain, elle le vit. Dans le but de confondre les numéros de compte, le premier et le dernier caractère avaient été intervertis. Forte de cette connaissance, elle déchiffra rapidement tous les numéros de compte bancaire précédant les initiales. Elle avait maintenant besoin de quelqu'un pour confirmer l'identité derrière ces comptes.

— Ça y est, annonça-t-elle avec jubilation.

— Quoi ? demanda Rhodes.

Surprise, elle leva les yeux et le vit appuyé sur le chambranle de la porte, en train de l'observer.

— Je crois que j'ai trouvé la solution.

Il s'approcha pour regarder les données qu'elle avait en main.

Elle lui montra rapidement comment les comptes s'emboîtaient sur les feuilles du grand livre scannées avec les bords déchirés.

— Je pense que ce sont les comptes, ainsi que les noms de leurs titulaires.

Elle se rassit.

— Et je ne parviens pas à me défaire de l'idée que R.F. est Robert Forrest, le procureur.

Rhodes secoua la tête.

— Non, je ne crois pas. R.F. peut signifier beaucoup de choses. Il était avec nous. Il a eu plein d'occasions de nous piéger ou de se débarrasser de nous lui-même.

Elle fronça les sourcils.

— C'est vrai, admit-elle lentement. Et s'il avait engagé quelqu'un pour entrer dans le bâtiment quand nous y étions, il aurait été assez simple de nous supprimer. Il avait un téléphone portable sur lui.

Elle haussa les épaules.

— Je ne voulais pas en faire le méchant. Je trouvais simplement une correspondance entre son nom et les initiales R.F.

— Robert n'est qu'une des nombreuses possibilités.

Elle acquiesça.

— Et cela nous entraîne dans une impasse parce qu'il y a probablement des centaines, voire des milliers de combinaisons potentielles.

— Des centaines de milliers.

Il tapota les papiers sur la table.

— Mais c'est intéressant, et très bon.

Il lui lança un coup d'œil.

— Nous pouvons demander à Bullard s'il connaît l'une de ces personnes de son côté. Et nous pouvons aussi demander à quelqu'un de notre entourage, une personne un peu plus haut placée, de nous aider et d'obtenir des noms pour ces comptes.

— En réalité, c'est quelque chose que Robert serait probablement en mesure de faire pour nous, n'est-ce pas ? le questionna-t-elle d'un air amusé.

Elle jeta un regard à sa montre.

— Il est 19 heures. Il est probablement trop tard pour l'appeler maintenant.

Rhodes rit.

— Envoyons-lui un courriel. S'il travaille, il sera sur le coup et répondra assez vite.

Rhodes assis à son côté, elle tapa rapidement un courriel, en y documentant les éléments qu'elle avait trouvés. Elle cliqua sur « Envoyer ».

Il lui tendit la main et lui demanda :

— Tu es prête à quitter le bureau maintenant ?

Son ordinateur portable sonna immédiatement. Elle se rassit et regarda.

— C'est Robert.

Elle entendit le lourd soupir de Rhodes à côté d'elle et réalisa qu'il avait probablement d'autres projets pour elle ce soir. Elle sourit. Voilà une chose qu'elle pouvait accepter. Mais…

— Laisse-moi voir ce qu'il dit.

Elle ouvrit son message. Il n'y avait qu'un mot : « merci. » Elle se rassit, les regarda fixement et haussa les épaules.

— Ce n'est pas parce que je suis enthousiaste que les autres le sont aussi.

Il gloussa.

— Et Robert est probablement trop fatigué pour s'occuper de tout ça.

Elle grimaça.

— J'ai dû gérer beaucoup de soirées tardives dans mon ancien poste, donc je comprends à quel point cela peut être accablant.

Elle resta assise et fixa le remerciement pendant un long moment. Cela ne lui plaisait pas.

— Je n'ai jamais eu de contact ou d'affaire avec lui dans le passé, mais cela semble bien trop simpliste pour un courriel de sa part. Et il n'y a pas de majuscule.

Il s'arrêta et la dévisagea.

— Qu'est-ce que tu racontes ?

Elle haussa les épaules.

— J'ai posé beaucoup de questions, j'ai donné beaucoup d'informations.

Elle tourna son regard vers lui et demanda :

— Et tout ce qu'il répond, c'est « merci » ?

Elle descendit jusqu'à sa signature, juste en dessous du message. Au-dessus de celle-ci, il y avait une étrange série de chiffres, des nombres. Elle s'enfonça dans son siège et s'exclama :

— Waouh !

Il se retourna et lâcha :

— Quoi ?

Elle lui montra le code en bas.

— Ça peut aider.

Elle pivota pour le considérer.

— C'est le même code que celui que je lui ai expliqué plus tôt par rapport aux comptes.

Il l'observa, puis le courriel, sortit son téléphone et essaya d'appeler Robert. Elle attendit sur son siège, à étudier le code. Elle avait le sang chaud à l'idée que quelqu'un s'attaque au procureur de Dallas. Mais bien sûr, c'était peut-être parce qu'ils s'en étaient pris à Rhodes et à elle.

— Pourquoi n'avons-nous pas vérifié avant ?

Son corps était tendu pendant qu'elle attendait que Robert décroche.

Mais son téléphone sonnait et sonnait encore. Finalement, il tomba sur la messagerie vocale. Rhodes ne laissa pas de message. Il raccrocha et déclara :

— Je vais trouver Levi.

Elle ferma son ordinateur portable, le glissa sous son bras et courut derrière lui.

— Une idée de l'endroit où ils sont ?

— Aux dernières nouvelles, ils discutaient avec Alfred dans la cuisine.

Ils dévalèrent les escaliers et firent irruption dans la cuisine. Les trois personnes se retournèrent pour les regarder.

— Qu'est-ce qu'il y a ? aboya Levi.

Sienna ouvrit l'ordinateur portable et lui montra le courriel avec le petit bout de code en bas.

— Si je le décrypte selon la méthodologie que j'ai employée avec les autres comptes afin d'obtenir des noms, expliqua-t-elle, cette ligne signifie « Aidez-moi ».

LA DISCUSSION ÉTAIT animée, ils décidèrent de la meilleure façon d'aller de l'avant. Harrison sortit de l'autre pièce où il regardait un film, s'empara de l'ordinateur portable avec la permission de Sienna et vérifia d'où venait le message.

— Il a été envoyé de chez lui, annonça-t-il dix minutes plus tard.

Mais il jeta un coup d'œil à sa montre.

— C'est à plusieurs heures de route d'ici, dit Sienna. Nous devrions appeler les flics et leur demander de passer à son domicile.

Ice déclara :

— Nous avons déjà contacté quelqu'un là-bas. Mais ils vont d'abord vérifier s'il est retenu en otage. S'ils se contentent de frapper à la porte, il y a de fortes chances qu'ils ne découvrent rien ou qu'ils se prennent eux-mêmes une balle.

Rhodes avait conscience que la vérité était parfois difficile à énoncer, mais Sienna devait comprendre que ces gens étaient très sérieux et qu'ils avaient des armes de tir longue distance.

Le portable de Levi sonna. Il le sortit et annonça :

— C'est Robert.

Il attendit une seconde que le silence s'installe, puis il porta le téléphone à son oreille et demanda :

— Allô, Robert, c'est vous ?

Rhodes observa le visage de Levi, et son regard se durcit. Il se dirigea vers Sienna et, si tant est que ce soit possible, son regard devint encore plus dur.

— J'ai bien entendu. Où voulez-vous procéder à l'échange ?

Il se retourna et fit face à Ice.

— Vous êtes où ? Presque à Houston ?

Rhodes patienta et comprit exactement ce qui se passait. Il vérifia sa montre, passa mentalement en revue les armes prêtes et les hommes disponibles. Le plan d'action serait déterminé par le lieu de l'échange, car Rhodes ne doutait pas qu'ils avaient Robert et qu'ils cherchaient Sienna aussi. Levi parlait d'échange, mais en réalité, l'un d'eux était probablement déjà mort. Ce qui signifiait qu'ils partiraient tous et que Sienna resterait ici, où elle serait en sécurité.

Levi ferma le téléphone.

— Un hôtel de l'autre côté de Houston. Ils sont venus dans notre secteur. Une heure.

Il considéra tout le monde à la table.

— Il faut chacun de nous. Nous devons nous retrouver sur le parking.

Rhodes se pinça les lèvres.

— C'est quand même assez public.

Harrison s'emporta :

— Pire encore, il pourrait avoir une douzaine d'hommes cachés dans les chambres avec des fusils de sniper déjà en position maintenant.

Levi acquiesça.

— Il a exigé la présence de Rhodes également.

Rhodes croisa les bras sur sa poitrine et dit :

— Je ne voudrais pas qu'il en soit autrement.

— Pas question que tu y ailles ! s'écria Sienna. Il veut te

tuer.

Rhodes se retourna pour la fixer.

— Pas question que tu y ailles non plus.

Elle lui tendit le menton et lâcha :

— Nous devons les arrêter et aider Robert. Ces méchants pensent qu'ils peuvent s'en prendre à un procureur maintenant ?

— Il y a cinq minutes, tu pensais que ce procureur était susceptible d'être le méchant, rétorqua Rhodes calmement. Et tu ne pars pas. Tu es en sécurité ici. Et tu vas le rester.

— Et il n'y a aucune chance que nous récupérions Robert s'ils ne me voient pas là-bas.

Elle ajouta à voix basse :

— Ni toi d'ailleurs.

Il ouvrait la bouche pour lui ordonner de rester quand Levi intervint.

— Tu sais qu'elle a raison, Rhodes. Elle doit être visible, pas accessible. Nous sommes capables de la protéger. Mais nous devons le faire. Nous aurons besoin de tout le monde.

— Une heure, c'est peu, souligna Rhodes en se levant. Nous devons arriver plus tôt et nous garer ailleurs.

— Il nous faut un plan, déclara Ice en se mettant debout face à eux. Je peux faire voler plusieurs hommes jusqu'à la ville, mais où atterrir et avoir des voitures sur place ?

Levi l'étudia.

— Si on utilise l'hélicoptère, on risque de déclencher une alarme, et ça n'en vaut pas la peine. Nous irons plus vite en voiture. Ce n'est qu'à trente minutes d'ici.

— Il nous faut un plan, rappela Rhodes. Mais établissons-le pendant que nous conduisons. Parce que sinon, nous n'aurons pas le temps.

— Nous prendrons trois véhicules, décréta Levi en se

levant. Tout le monde s'équipe. Ça risque de mal tourner, alors venez bien armés. Ice avec moi, Sienna avec Rhodes.

Stone entra à ce moment-là et demanda :

— Voulez-vous laisser quelqu'un ici ou non ?

— Je reste, déclara Alfred. Je serai dans la salle de contrôle avec Lissa et Katina.

Il adressa un signe de tête aux femmes.

— Sienna doit y aller. Sinon, je l'aurais gardée ici aussi.

— Nous partons dans cinq minutes.

Tout le monde se dispersa.

Rhodes garda ses yeux sur Sienna. Elle serra l'ordinateur portable, et ses jointures devinrent blanches. Il lui dit :

— Prends un pull. Je ne sais pas s'il fera frais cette nuit. Nous utiliserons le même pick-up que la dernière fois. Sois là dans cinq minutes.

Il attendit, la regarda hocher la tête avant qu'elle ne quitte la pièce. Il se retourna vers Alfred et les deux autres femmes.

— Utilisez le satellite et voyez si vous arrivez à trouver l'hôtel. Si vous commencez à chercher maintenant, vous serez peut-être en mesure de nous indiquer ce qui nous attend.

— Nous serons là-haut dans cinq minutes. Dès que vous serez tous sortis de l'enceinte, nous serons enfermés.

Rhodes lui adressa un signe de tête sec et se dirigea vers le véhicule. En chemin, il s'arrêta à la salle d'armes. Ils avaient des dépôts tout autour du complexe avec une armurerie complète en bas. Il sortit plusieurs armes de poing et en plaça une dans son étui d'épaule, puis en glissa une de rechange dans son étui de cheville.

Il prit les clés et se précipita vers le pick-up. Il ne lui manquait plus que Sienna, et ils partiraient. Alors qu'il enclenchait la marche arrière pour reculer, la portière du passager s'ouvrit, et Sienna monta à bord.

Elle s'empressa de boucler sa ceinture et dit :

— Allons-y.

Elle claqua la portière, il actionna le verrouillage électrique et sortit de l'enceinte. Levi conduisait avec Ice, Harrison à l'arrière. Stone pilotait le troisième véhicule qui transportait Merk. L'équipe au complet.

Chacun d'entre eux était prêt à botter des fesses.

Chapitre 17

L E VOYAGE FUT rapide et furieux, et se déroula presque
dans le silence le plus complet. Du moins pendant les
cinq premières minutes. Ensuite, Sienna s'occupa des
communications entre Ice et Rhodes. Lorsqu'ils atteignirent
la périphérie de la ville, le plan prévoyait que l'équipe de Levi
se retrouve à deux pâtés de maisons de l'autre côté de l'hôtel.
Ils avaient dix minutes d'avance lorsque Rhodes se gara pour
rejoindre Levi et les autres. Rhodes saisit son téléphone et
appela Alfred.

— Qu'avez-vous vu ?

Rhodes tenait le portable légèrement éloigné de son
oreille pour que Sienna puisse l'entendre.

— Deux snipers, un en haut à droite du deuxième étage
et un en haut à gauche du troisième.

Elle considéra Rhodes avec horreur.

— Qu'y a-t-il dans le parking ?

— Une berline sombre, répondit Alfred. Il est fort possible qu'elle appartienne à Robert lui-même.

— Avez-vous reconnu des visages ? le questionna
Rhodes.

— Non. Mais nous passons ce que nous avons à la reconnaissance faciale. Nous n'avons pas encore d'images
décentes.

— D'accord, nous sommes à quelques pâtés de maisons,

sur le point d'exécuter le plan.

Il se tourna pour regarder par la fenêtre.

— Une dernière chose, poursuivit Alfred. Bullard a donné des nouvelles. L'entrepôt était plein d'armes. Il a envoyé un avertissement. Maintenant que la cache a été saisie, la police est sur le dos de J. R. Wilson.

Il marqua une pause.

— En d'autres termes, ces hommes sont prêts à tout pour s'enfuir.

— Compris. Nous vous appellerons pour vous tenir au courant dès que possible. Enregistrez tout, voulez-vous ?

Il rangea son téléphone, pivota vers Sienna et lui demanda :

— Tu es prête ?

Elle laissa échapper son souffle et acquiesça :

— Au moins pour cette partie.

Le plan était simple. Les deux autres véhicules se gareraient ici, et les gars prendraient position à l'intérieur et à l'extérieur de l'hôtel. Levi, Rhodes et Sienna se présenteraient à la réunion. C'était simple, et il n'y avait pas beaucoup d'options. Mais cette fois-ci, ils allaient monter dans le véhicule de Levi et se rendre tous les trois sur le parking de l'hôtel. Elle observa ses mains, sans s'étonner de voir un léger tremblement parcourir ses doigts. Ce n'était pas exactement la façon dont elle s'attendait à passer sa soirée. Elle espérait seulement qu'il y aurait une nuit après, et pas une interminable comme elle le craignait.

Elle glissa ses doigts sur son visage pour calmer la panique qui l'envahissait. Ils avaient tous des armes, et, pour la première fois, elle se demanda si elle n'aurait pas préféré en avoir une aussi. Elle était sans défense. Elle comprenait les risques qu'il y avait à armer une personne non entraînée.

Peut-être que Rhodes la formerait. Elle ne voulait vraiment pas se retrouver de nouveau dans ce genre de situation sans aucune compétence. Elle savait que Ice se débrouillait comme un chef avec les flingues. Ne serait-ce pas bien si Sienna pouvait au moins en apprendre un peu ?

De plus, étant donné le temps libre dont elle disposait lorsqu'elle vivait et travaillait au complexe, elle arriverait peut-être à convaincre quelqu'un de lui faire pratiquer les arts martiaux, une activité qu'elle aimerait vraiment reprendre. Peut-être qu'elle n'avait pas tout oublié. Si elle se lançait dans un corps-à-corps avec ces types, cela lui reviendrait sûrement.

La berline était stationnée devant l'hôtel, comme on le leur avait indiqué. Levi fit le tour de celle-ci jusqu'à ce qu'il soit de nouveau face à la route, et se gara en biais par rapport au véhicule.

Personne ne bougea.

— Est-ce que je dois descendre ? demanda Sienna à voix basse.

— Pas encore. Attends de voir Robert vivant.

Les portières du passager et du conducteur de la berline s'ouvrirent. L'homme qui se trouvait à l'autre extrémité sortit le premier. Elle ne le reconnut pas. Le conducteur descendit en sautillant, et elle ne l'identifia pas non plus. Ils furent suivis par deux autres individus musclés.

Puis la portière arrière du côté le plus éloigné s'ouvrit. Robert en sortit. Un Robert très handicapé et ensanglanté. Elle retint un petit cri.

— Oh, mon Dieu ! Fallait-il qu'ils le blessent comme ça ?

Elle ouvrit sa portière et descendit.

Puis elle s'arrêta en voyant l'homme se diriger vers elle.

— Bobby ?

Elle fixa le type qui lui avait apporté son café, livré l'imprimante dont elle avait besoin, et tout le reste pendant les heures qu'elle avait passé au bureau du procureur. Et un déclic se produisit. Bobby était le diminutif de Robert, et elle soupira.

— Vous ne seriez pas R.F. par hasard ?

Il la regarda d'un air confus.

— Qu'est-ce que tu racontes ?

— Votre nom de famille commence-t-il par un F ? s'emporta-t-elle en s'approchant d'eux.

Rhodes marchait à ses côtés, son bras la retenait. Elle sentait sa colère monter en elle. Ces brutes qui avaient besoin d'infliger de la douleur à tout le monde devaient être mises hors d'état de nuire.

Bobby fronça les sourcils et répondit :

— Oui, mais comment le saurais-tu ?

Elle renifla.

— Vous êtes vraiment stupide, n'est-ce pas ? Il fallait que vous fassiez du mal à Robert ? Vous lui avez cassé les os uniquement pour votre propre satisfaction ?

— Je n'avais pas le choix. L'opération de Wilson étant compromise, et, vous deux vous mêlant de tout, je devais m'enfuir. Le trafic d'armes était un bon moyen de gagner de l'argent. La drogue, c'était moche, mais nécessaire. Je souhaitais me retirer depuis longtemps. Maintenant, je dois le faire. La seule façon d'y parvenir est de m'assurer que je ne laisse aucun fil derrière moi. Et ça signifie vous trois.

— Désolée de bouleverser vos plans.

Elle lui adressa un sourire saccharine pour lui faire comprendre qu'elle n'était pas du tout dans le même état d'esprit. En vérité, elle voulait tendre la main et le gifler, mais Rhodes tenait absolument à ce qu'elle reste à ses côtés. Elle ne comprenait pas pourquoi, mais il était trop fort pour qu'elle puisse le contredire. Elle lui lança un regard dur comme pour lui dire de la laisser agir. Elle avait une autre question à poser à Bobby.

— Comment avez-vous perdu les pages du registre ?

— Tais-toi, salope. Tu te crois maligne, mais ça n'a rien à voir avec moi. C'est ce foutu J. R. Wilson. Cet homme est pitoyable. Ce stupide informaticien a déchiré les pages du grand livre, puis il a essayé de nous faire chanter. Nous n'avions même pas encore trouvé de solution pour lui. J'espère que vous allez le faire payer aussi, s'emporta Bobby. Non pas que cela t'importe. Tu ne sais rien.

Il brandit la main vers le ciel, et elle l'esquiva instinctivement.

Et il laissa tomber son bras comme s'il commençait une course.

Rhodes la serra contre lui. Elle réalisa qu'il s'attendait à ce que les snipers tirent. Elle se redressa et affronta Bobby. Avec plus de bravoure qu'elle n'en avait, elle ricana.

— Quelle est exactement cette surprise que vous me réservez ?

Il lui jeta un regard noir, leva le bras et le laissa retomber.

Rien ne se passa.

— Il vous manque quelque chose ? le railla Rhodes.

Levi, qui se tenait maintenant de l'autre côté de Sienna, dit :

— Nous avons pensé que nous pourrions égaliser les chances et éliminer vos tireurs d'élite.

Le visage de Bobby se durcit en un rire cruel.

— Vous ne pensiez pas que j'étais venu uniquement avec ces deux-là, n'est-ce pas ?

Instantanément, des coups de feu éclatèrent tout autour

d'eux.

Rhodes saisit Sienna et la plaça derrière le véhicule. Elle se laissa instinctivement tomber au sol.

— Roule en dessous, lui ordonna Rhodes en sortant un pistolet et en tirant par-dessus la benne du pick-up.

Les tirs venaient de la gauche et de l'arrière.

— Merde !

Elle se tortilla sous le véhicule pour l'observer.

— Rhodes, tu es blessé ?

Il se mit en position accroupie et ouvrit le feu de nouveau.

— Arrête-toi là, lança Bobby d'une voix dure, un fusil pointé sur le dos de Rhodes. Lève-toi lentement et jette l'arme par terre.

Merde ! Elle ne savait pas ce qu'elle devait faire. Elle regarda Rhodes se redresser lentement. Autour d'eux, la fusillade ralentissait.

Levi cria :

— Laissez mes hommes tranquilles, et je laisserai les vôtres tranquilles.

— Plutôt crever. C'est ce connard qui a assommé mes hommes dans le garage. J'ai dû les abattre à cause de lui.

Rhodes renifla.

— Vous cherchiez seulement une excuse pour les tuer de toute façon.

— Ils étaient négligents. Stupides.

La crosse du fusil se bloqua dans le dos de Rhodes cette fois, et il haleta.

C'est alors qu'elle aperçut l'arme dans la botte de Rhodes. Sa jambe de pantalon était coincée par-dessus. Mais Bobby l'ignorait. Elle l'entendit prononcer quelque chose d'autre, mais son regard était fixé sur la crosse. Sa main se faufila, dégagea le flingue. Elle était sous le véhicule, sans que personne ne s'en aperçoive. Et pourtant.

Sauf Rhodes. Il savait ce qu'elle avait fait.

Elle regarda fixement le pistolet dans sa main.

À côté du camion, si près d'elle, Bobby cracha :

— Mets-toi à genoux, connard.

Elle regarda Rhodes s'abaisser lentement sur le sol à côté d'elle. Elle réalisa qu'elle n'avait pas le temps de prendre des décisions. Elle se retourna sur le flanc pour réussir à voir l'homme, leva l'arme et la pointa sur sa poitrine.

Puis elle appuya sur la gâchette.

Le bruit du coup de feu résonna dans le silence.

Pendant un long moment, personne ne bougea. Bobby s'agenouilla lentement et tomba sur le côté. Rhodes pivota sur lui-même, éloigna le flingue de l'homme d'un coup de pied, puis s'orienta vers Sienna et la tira de sous le pick-up avant de la remettre debout. Il l'attrapa, la serra contre lui et lui murmura à l'oreille :

— Dieu merci, tu es saine et sauve.

Elle passa ses bras autour de son cou et l'étreignit contre elle.

— Tu es en sécurité, rétorqua-t-elle avec un demi-rire.

Elle se retira, posa ses mains sur ses joues et l'embrassa fougueusement.

— Quand il t'a mis cette arme dans le dos et t'a dit de te mettre à genoux…

Elle l'embrassa de nouveau.

— J'avais tellement peur.

Il recula et la regarda fixement.

— À quoi tu pensais ?

Elle s'esclaffa.

— Que je ne voulais pas te perdre.

Et elle le serra encore une fois fort dans ses bras. Par-dessus son épaule, elle pouvait voir Levi, qui surveillait deux autres types. Les deux autres véhicules de l'enceinte arrivèrent en trombe et s'arrêtèrent brusquement. Tout le monde en sortit.

Ice se précipita vers Robert, appuyé contre la voiture. Elle avait sa trousse à pharmacie avec elle, mais elle cria :

— Que quelqu'un appelle le 911. Robert a besoin d'une ambulance tout de suite.

Ils n'avaient pas à s'inquiéter. Tous les coups de feu avaient alerté quelqu'un. Les sirènes se dirigeaient déjà vers eux. Mais c'étaient les flics, et ils avaient besoin d'une aide médicale pour Robert. Sienna sortit son portable et composa rapidement le numéro. Elle tapota l'épaule de Rhodes et s'approcha pour aider Ice. Elle s'accroupit devant Robert, maintenant étendu sur le sol avec Ice à ses côtés.

— Robert, comment vous sentez-vous ?

Il tourna la tête pour la considérer et dit :

— Vous avez reçu mon message, je vois.

— Je l'ai eu. Mais ce connard a malgré tout téléphoné à Levi quelques minutes plus tard. Vous nous avez quand même donné un petit avertissement.

Il ferma les yeux.

— J'ai travaillé avec Bobby pendant dix ans. Dix longues années, et je n'en avais aucune idée.

— Quand vous serez de nouveau sur pied, vous pourrez mettre sa vie en pièces. Il est mort, donc il n'ira pas en prison. Mais beaucoup d'autres personnes ont été impliquées dans ce bordel. Comme J. R. Wilson. La déclaration de Bobby devrait contribuer à le faire tomber.

Robert éclata de rire.

— J'ai hâte d'y être.

Rhodes vint chercher Sienna alors que les forces de l'ordre entraient en trombe dans le parking. Levi s'avança et expliqua rapidement le problème. Y compris l'identification de Robert en tant que procureur de Dallas. À l'évocation de son nom, l'endroit se transforma en un chaos organisé.

L'ambulance arriva cinq minutes plus tard. Pendant que Sienna observait, Robert fut rapidement chargé à l'arrière du véhicule et quitta les lieux. Elle se tourna vers Rhodes.

— Quelqu'un doit-il l'accompagner ?

Il secoua la tête.

— Je crois qu'il a une fille mariée dans la région. La police va la contacter. Elle arrivera probablement à l'hôpital peu après l'ambulance.

Sienna dit :

— Je l'espère. Dans des moments comme celui-ci, personne ne devrait être seul.

La dernière chose qu'elle souhaitait, c'était que l'homme qui avait tant fait pour sa ville se rétablisse tout seul. En lançant un regard aux flics qui se trouvaient un peu partout, elle comprit que la nuit serait encore longue.

— Je suppose qu'il n'y a aucune chance que nous allions nous coucher bientôt, n'est-ce pas ?

— Non. Ça va prendre du temps.

ET IL AVAIT eu raison. Mais cela aurait pu être bien pire. Il fallut encore trois heures avant qu'ils ne retournent dans l'enceinte. Alfred et les deux autres femmes les accueillirent à la porte.

Alfred jeta un coup d'œil et ordonna :

— Au lit, vous tous.

Rhodes n'aurait pas contesté cela. Il était abattu. Mais il

s'assura de ne pas y aller seul. Il prit la main de Sienna et se dirigea vers l'ascenseur. Arrivé à sa suite, il ne lui laissa même pas l'occasion d'émettre un commentaire et l'entraîna à l'intérieur. Il ferma la porte à clé et déclara :

— Dormir. Tout ce dont j'ai besoin, c'est de dormir.

Elle se plaça au milieu de la pièce et le regarda se déshabiller et s'effondrer de son côté du matelas. Elle se dévêtit, jeta ses vêtements sur le sol et se glissa dans le lit à côté de lui. Il était allongé et se reposait. Elle l'embrassa.

— Merci d'être toi.

Il ouvrit les yeux.

— De rien, mais ce sont des paroles très intéressantes. Je ne suis pas spécial. Je suis seulement moi.

— Ce n'est pas vrai. Tu es un héros pour moi.

Il grimaça.

— N'oublie pas que nous n'utilisons pas ce mot.

Elle se redressa et posa un doigt sur ses lèvres.

— Levi peut dire ce qu'il veut. Mais pour moi, tu es mon héros et tu le seras toujours.

Elle l'entoura de ses bras et l'embrassa fougueusement en pressant ses seins contre lui, tandis que ses hanches câlinaient son érection grandissante.

Lorsqu'il reprit enfin son souffle, il effleura son nez, et son cœur se gonfla d'une émotion qu'il reconnaissait à peine.

— Je t'ai dit que je t'aimais ?

Ses yeux s'écarquillèrent de plaisir. Elle branla du chef.

— Non, tu ne me l'as pas dit. Mais c'est une bonne chose parce que je t'aime aussi.

Leurs regards se croisèrent, et il tourna lentement la tête, son souffle chaud l'enveloppant tandis qu'il murmurait :

— J'ai peut-être été un peu trop rapide en affirmant que j'avais besoin de dormir.

Sa main glissa le long de son dos pour toucher ses fesses et la serrer fort contre lui.

— Je pense que le sommeil peut attendre un peu plus longtemps.

Il baissa la tête et l'embrassa, puis sut pour la première fois ce que c'était que de faire l'amour à la femme qu'il aimait. Il était l'homme d'une seule femme, et Sienna était à lui. Pour toujours.

Épilogue

— HÉ, ANNA ! lança Flynn Kilpatrick en s'approchant de la palette de nourriture pour chiens que celle-ci était en train de décharger. Je reviens du complexe de Levi. Je me suis dit que, puisque j'étais en ville, je pouvais t'annoncer la bonne nouvelle en personne.

Elle se redressa, repoussa les cheveux de son visage.

— Bonjour, il s'y passe beaucoup de folies en ce moment. Katina m'a parlé de Rhodes et de Sienna. J'y vais cet après-midi si j'arrive à me libérer.

— Bien.

Il se baissa et souleva plusieurs sacs sur son épaule, puis se rendit à l'intérieur pour les empiler dans le hangar.

— Mais je voulais t'informer que les derniers hommes impliqués dans l'enlèvement de Katina ont été mis sous les verrous. Nous l'avons appris ce matin. Mieux encore, plusieurs d'entre eux parlent, et le procureur s'attend à ce que tout le monde soit enfermé pour un très long moment.

— Super, apprécia-t-elle avec un grand sourire. Je suis très heureuse de l'apprendre. Je n'aimerais pas qu'il arrive quelque chose de grave à Katina.

— Merk ne le permettra pas.

Il lui sourit.

— Il semble qu'ils sont bien assortis tous les deux.

— Ils se sont rencontrés il y a longtemps. Ils réalisent

seulement maintenant à quel point ils sont parfaits ensemble.

Flynn rit. Anna lui avait un peu parlé de la relation entre Merk et Katina. Il avait entendu le reste par les autres. Tout allait bien. En réalité, tout semblait sacrément rose autour de l'enceinte. Il y était allé ce matin même. Il avait eu vent de tout le chaos avec Rhodes et Sienna. Mais il était parti sur la côte ouest avec Logan pour une mission de courte durée pour Levi et il avait manqué tout le plaisir. C'était typique. Mais bon sang. Rhodes et Sienna – qui l'aurait cru ?

— C'est super. Merci d'être passée, dit-elle. Je sais combien tu espérais être embauché dans la société.

En effet. Et cette prochaine mission serait courte et agréable. Avec un peu de chance, il se rendrait en Arabie Saoudite, réglerait ce problème et rentrerait chez lui. Le délai était serré, mais c'était ainsi qu'ils aimaient travailler. Et il n'y allait pas seul ; ses camarades, Logan et Harrison, l'accompagnaient. Cela lui convenait. Il avait laissé sa veste chez Anna pour lui donner une raison de revenir. Mais comme la bonne nouvelle était arrivée, il n'en avait pas eu besoin – cette fois. Désormais, il avait une excuse pour passer après son prochain voyage.

Il se demanda si elle l'avait remarquée. Il l'avait accrochée au dos de la porte. En espérant qu'elle soit assez évidente pour qu'un homme la voie et comprenne, mais pas trop pour qu'Anna ne la voie pas.

Il se frotta les mains, examina le toit de l'abri et réalisa que la nourriture pour chiens serait bien au sec ici. Il ferma la porte, fit claquer le verrou simple. Puis il ramassa la palette vide et la plaça sur la pile avec les autres derrière le hangar.

— Autre chose ?

Elle secoua la tête, mais ne le regarda pas.

— C'est tout. Merci pour ton aide.

Sa voix était exagérément joyeuse et lumineuse alors qu'elle se tournait vers lui avec un grand sourire.

— J'apprécie le fait que tu aies choisi le bon moment pour me rendre visite. Je dois admettre que c'était génial d'avoir tes muscles pendant les quinze jours que tu as passés ici. La semaine dernière, ça m'a manqué.

— Tu dois te trouver un assistant. Tu le sais, n'est-ce pas ?

Elle rit.

— J'ai besoin de beaucoup de choses. Mais tout cela nécessite de l'argent.

Il acquiesça.

— Mais ne pense pas à engager ce Jonas.

Elle lui lança un regard noir.

— Tu ne me diras pas ce que je dois faire, merci. Tu peux repartir maintenant.

C'était prononcé sur le ton de la plaisanterie. Ils avaient émis une remarque ou deux à propos de Jonas, un type qui n'arrêtait pas de lui faire des avances.

— Je n'arrive pas à croire que tu sois sortie avec ce type.

— Ce n'était pas vraiment un rendez-vous. Je l'ai croisé au centre commercial, je me suis assise et j'ai pris un café avec lui, protesta-t-elle.

— Dans l'esprit de Jonas, c'était un rendez-vous. Évidemment. Puisqu'il est revenu à la charge, quoi ? Cinq fois depuis que je suis ici ? C'est une mauvaise chose. Ne t'approche pas de lui.

— Il n'est pas si mauvais que ça.

— Il est pire, rétorqua Flynn.

Pendant les semaines où Flynn l'avait surveillée, il l'avait observée, avait vécu avec elle, avait inhalé son parfum si particulier. Sans la toucher. Toutefois, désormais, il partait.

Mais pas sans l'avoir goûtée. Et il voulait tellement plus…

Avant qu'elle n'ait eu le temps de protester, il la prit dans ses bras et lui déclara :

— Il n'y a vraiment qu'une seule façon de se dire au revoir.

Il baissa la tête et l'embrassa.

Aucun d'eux ne s'attendait à l'éclair de passion qui menaçait de les consumer tous les deux. Un feu d'artifice explosa dans son crâne. Et il entendait de la musique.

Anna se détacha, lui jeta un regard incertain, puis se dirigea vers l'intérieur de sa maison.

Laissant Flynn se demander ce qui venait de se passer.

Voilà qui conclut le tome 4 de *Héros à louer :*
La Récompense de Rhodes.
Découvrez la suite avec *L'Étincelle de Flynn :*
Héros à louer, tome 5

Héros à louer, L'Étincelle de Flynn, tome 5

Certains boulots sont faciles, d'autres pénibles…

À titre d'essai, Flynn accepte de participer à une opération de sécurité pour Levi chez Legendary Security. S'occuper d'Anna et de son refuge pour animaux devrait être le travail le plus facile qu'il ait jamais accepté. Il ne s'attend pas à ce que les ennuis commencent lorsqu'il part, la mission terminée, et réalise qu'il ne souhaite plus jamais quitter Anna.

Pour cette dernière, la présence de Flynn était à la fois une bénédiction et une malédiction. Elle a apprécié l'aide qu'il lui a apportée dans ce refuge… mais chaque moment passé ensemble a fait jaillir entre eux des étincelles. Alors qu'elle essaie de se convaincre qu'elle est soulagée de le voir enfin lui tourner le dos (bien que sexy), il monopolise de nouveau ses pensées bien avant qu'elle ne tombe sur un cadavre.

Quelqu'un en a après Flynn, quelqu'un qui les a vus ensemble, qui a remarqué l'attirance brûlante… et qui sait maintenant exactement comment obtenir ce qu'il veut de sa cible.

Le tome 5 est disponible dès aujourd'hui !
Pour en savoir plus, visitez le site web de Dale Mayer.
https://geni.us/FRDMSFlynn

Note de l'auteure

Merci d'avoir lu *La Récompense de Rhodes, Héros à louer, tome 4* ! Si vous avez apprécié le livre, merci de prendre un moment pour laisser votre avis.

Chers lecteurs,

J'aime avoir de vos nouvelles, alors n'hésitez pas à me contacter sur mon site web : www.dalemayer.com ou sur ma page d'auteure Facebook. Pour être informés des nouvelles parutions et des offres spéciales, inscrivez-vous à ma newsletter ou suivez-moi sur BookBub. Si vous souhaitez rejoindre mon groupe de lecteurs, voici la page d'inscription sur Facebook.
http://geni.us/DaleMayerFBGroup

À bientôt,
Dale Mayer

À propos de l'auteure

Dale Mayer est une auteure de best-sellers au classement de *USA Today*, connue pour ses romances militaires sur les forces spéciales, sa série *Psychic Visions* et sa série *Jolis Jardins Maudits*, dans le genre cozy mystery. Ses romances contemporaines sont vibrantes d'émotion et de passion (série *Broken But… Mending, Hathaway House*). Ses thrillers vous laisseront à bout de souffle (séries *By Death* et *Kate Morgan*) et ses comédies romantiques vous feront rire aux éclats (*It's a Dog's Life*, une novella hors-série, et la série *Broken Protocols* avec Charming Marvin, le chat).

Elle laisse libre cours aux séries qui lui viennent… dont certaines sont carrément folles, enfreignant toutes les règles et croisant différents genres !

En plus de ses romans de fiction, elle écrit également des textes documentaires dans de nombreux domaines, dont la rédaction de CV, le jardinage de loisir et le système de crédit immobilier américain. Elle a récemment publié la série professionnelle *Career Essentials*. Tous ses livres sont disponibles aux formats papier et ebook.

Contactez Dale Mayer en ligne

Site web de Dale – www.dalemayer.com
Twitter – @DaleMayer
Facebook Page – geni.us/DaleMayerFBFanPage
Facebook Group – geni.us/DaleMayerFBGroup
BookBub – geni.us/DaleMayerBookbub
Instagram – geni.us/DaleMayerInstagram
Goodreads – geni.us/DaleMayerGoodreads
Newsletter – geni.us/DaleNews